Les Années cerises

Illustration de couverture : Marion Bataille
Graphisme : Frank Secka

Parc Saint-Joseph - BP 3522 - 12035 Rodez cedex 9
Tél. : 05 65 77 73 70 - Fax : 05 65 77 73 70 - www.lerouergue.com

Les Années cerises

Claudie GALLAY

doAdo

À *Yoann*.

1

Heureusement, il y a les chevaux. Je dis ça même si je sais, les chevaux ne sont pas à moi. Ils sont à pépé, mais quand même. Quand je passe, je leur donne des sucres et du pain.

Maman n'aime pas les animaux. Elle dit toujours : « Tous ces poils !... » Que ça lui donne des migraines et les animaux, il faut s'en occuper. Qu'il y a déjà tant à faire. Et puis quand on part en vacances, hein, qui c'est qui s'en occupe ? Je te le demande ?

– On ne part jamais en vacances, alors qu'est-ce que ça change !

Une taloche bien méritée, et puis va dans ta chambre, ça t'apprendra à être insolent.

Des fois, elle dit : « Il faudrait lui acheter une bête, un chien quoi », parce qu'elle me voit assis sur la pelouse. Triste.

– Pas besoin d'acheter, je lui réponds, je connais quelqu'un qui en donne.

Maman, il ne faut pas la regarder comme ça. Elle ne supporte pas.

Le chien, c'est quand elle voudra et puis les mâles, ça pisse partout, et les femelles, c'est toujours en chaleur.

Il faut pas qu'elle attende trop. J'ai déjà onze ans. En attendant, je caresse la chienne de pépé. C'est la seule chose qu'elle comprend, les caresses. Elle se couche sur le dos et elle ferme les yeux. Je lui raconte les choses de ma vie et ça me fait du bien. Elle est bourrée de puces, surtout maintenant que c'est l'été. Les puces, c'est pas grave. Je la prends contre moi. J'ai ses poils dans la bouche. Pour ça, ils ne disent plus rien. Ils ont renoncé.

Un jour, j'ai entendu pépé dire : « Si ça lui fait du bien !... »

Pépé, il est toujours avec moi. Même quand il ne devrait pas.

Avant, il travaillait dans une usine.

Maintenant, son métier, je ne sais pas ce que c'est mais c'est ce que je veux faire plus tard, quand je serai grand.

Il a trois vaches et puis des poules. Un tracteur. L'été, il moissonne.

Rien que de le voir, j'ai envie de grandir.

Ça y est, maman est venue à l'école ! Le jour de la rentrée ! Cette année, vu que c'est un maître, je pensais qu'elle n'aurait pas osé.

– Vous savez, je vais m'occuper de mon fils, personnellement.

M. Pilou, le maître, l'a regardée par-dessus ses lunettes et il a penché un peu la tête de côté. C'est quelqu'un qui a l'habitude, ça se voit tout de suite, sa façon de sourire et puis de suivre du bout du crayon les notes de mon année passée.

Les notes et puis ce qu'il y a écrit à côté. L'écriture de Mme Dubois. J'imagine ce qu'elle peut dire. J'ai beau être debout derrière maman, je ne vois pas où il en est mais à son front, ce ne doit pas être bon pour moi. C'est ça. On ne la lui fait pas. Il n'y a que maman qui ne le sait pas. Alors elle s'enfonce. Elle se masse le cou avec ses doigts et elle tire sur la peau.

– C'est à cause de la remplaçante, elle dit. J'ai rien contre elle mais ça ne peut pas faire le travail d'une vraie institutrice. Vous me comprenez ?

M. Pilou, il ne comprend pas.

– Mon Pierre-Jean, il a raté son année à cause d'elle. Elle ne l'aimait pas. C'est un enfant sensible, il a besoin de confiance pour travailler. Et puis je vous l'ai dit, cette année, je prendrai le temps. Je vais m'en occuper per-son-nel-le-ment. Croyez-moi, ses conjugaisons, il va les apprendre.

M. Pilou a regardé sa montre. Une grosse montre tout en or avec un bracelet, sûrement en or aussi. Il devait trouver le temps long. Maman le dit souvent, les instits, ils sont très cher payés vu le travail qu'ils font.

Elle dit aussi que c'est ce qu'elle aurait dû faire. C'est à cause de moi. J'étais déjà dans son ventre. Alors les études…

Maman, elle fait les marchés. Elle vend des sardines et du poisson sec mais elle ne veut pas qu'on le dise. Elle dit « les produits du terroir », même que pendant longtemps j'ai cru que c'était un pays. Comme les produits du Japon ou du Maghreb.

Les produits du terroir ! Tu parles, on n'habite même pas au bord de la mer.

Paulo m'a dit :

– Alors, ta mère, elle est venue ?

Paulo, un jour, je le tuerai.

Si je ne le fais pas, c'est à cause de sa sœur… Il me donne un coup de coude et il rigole en dessous.

– Taisez-vous au fond !

Ça commence. Le premier jour de l'année. Presque la première heure. On a tous notre papier à remplir.

Profession du père ? Moi, mon père, je ne sais pas ce qu'il fait. Il part le matin, je ne le vois pas, et il rentre le soir. Quand je lui demande, il répond :

– Je me tue pour vous, huit heures par jour, et ça ne suffit pas !

Il dit ça tellement fort que je n'ose plus lui demander. J'ai peur qu'un jour il se tue pour de bon ou qu'il ne revienne pas.

Je mets : Employé aux solex.

C'est venu comme ça.

– Solex, comment ça s'écrit ?

Paulo, il est fort en orthographe. Moi, c'est plutôt les maths.

– Comme ça se prononce. Avec deux l.

M. Pilou m'arrête à la porte. Il me tend le papier.

– Il n'y a plus de solex depuis longtemps ! Alors, il fait quoi ton père ?

Je hausse les épaules, l'air de celui qui en sait plus long qu'il ne peut en dire et j'attends qu'il me lâche le bras.

Entre lui et moi, ça ne passera pas. C'est couru d'avance.

Si j'ai des marques, je montrerai à ma mère. Pour ce qui est de me défendre, elle est toujours là.

Pilou l'a senti. Il me lâche. Je vais aux toilettes. Il n'y a pas de marques.

Parti comme ça, c'est sûr, l'année sera longue. Heureusement, le samedi, je vais chez pépé. Pépé, il habite à la campagne. Nous aussi mais nous, c'est différent. On va disparaître du cadastre. C'est ce qui se dit partout, dans le village, dans les rues, au magasin.

À l'école, on m'appelle « l'Anéanti ».

C'est à cause de la carrière. La falaise s'effrite. Cet hiver, un pan entier s'est écroulé. On regardait la télé quand on a entendu le bruit. Papa est sorti. Quand il est revenu, il a dit :

– Bon Dieu, cinq mètres d'un coup !

Il s'est passé la main derrière la nuque.

Dehors, l'orage n'arrêtait pas de craquer. On ne pouvait pas sortir, il pleuvait trop. Ça faisait des rigoles qui passaient devant la porte.

Le matin, on a vu. La terre, coupée à la barrière et puis le pommier qui pendait dans le vide, encore accroché par ses racines. Ma balançoire enroulée dans les branches.

– Bon Dieu ! a encore dit papa, et maman m'a mis une taloche parce que je m'approchais de trop près.

Maman, elle a la taloche facile. C'est à cause de son boulot.

Depuis la falaise, elle porte toujours ses bijoux sur elle.

– Un jour, on reviendra, il n'y aura plus rien qu'un grand trou.

– Et ma chambre ? je demande.

– Au fond ! Avec le reste.

Alors tout ce que j'aime, je le laisse dans une caisse, chez pépé.

Derrière la ferme, il y a une rivière. Elle est intermittente alors je m'assois à côté d'elle et j'attends qu'elle intermitte. Pépé, ça le fait rire.

– Qu'est-ce que tu fais encore là-bas, Zazou ! Viens donc avec moi à la luzerne.

Pour ce qui est des champs, j'aime ça. Je regarde la rivière et je file.

La rivière, elle coule ou elle ne coule pas. C'est selon. Je m'en sers pour mes bateaux. Parfois, je la dévie pour arroser les tomates de pépé et ça fait des histoires avec le voisin d'en bas.

Le tracteur, c'est un Someca. Orange. Pépé me le laisse conduire dans les prés et sur les petits chemins. Mes pieds ne touchent pas les pédales. Pour freiner, je glisse du siège.

Pour faire les chargements de luzerne, pépé me fait confiance. Je rapproche les bottes et lui, il fait passer. C'est mémé qui range.

Mémé, c'est elle qui range toujours tout. Les affaires dans la chambre, les outils et les bols. Parfois, elle joue avec moi mais jamais longtemps.

Elle n'a pas le temps. C'est à cause de tout ce qu'elle a à faire, du repas et puis des bêtes à soigner. Pour les confitures, je l'aide. Je brasse avec le sucre et je casse les noyaux pour récupérer les amandes.

Plus tard, je serai pâtissier.

Ou alors conducteur de chevaux.

Maman n'aime pas quand je dis ça. Ça l'arrête de manger.

– Je ne me tue pas au travail pour que tu sois paysan !

Pépé, il dit :

– Y a pas de honte à être paysan.

Maman, elle baisse la tête et elle tripote dans sa salade.

– J'disais pas ça pour vous.

– J'pense bien.

Ils s'engueulent toujours à cause de moi, c'est pour ça que je suis si seul.

Le livre que m'a donné pépé sent le champignon. C'est à cause des feuilles. Elles sont jaunes. Elles ont pris l'humidité.

C'est l'histoire d'un Enchanteur. Il s'appelle Merlin. Quand j'ai fini de lire, je recommence. Je ne lis pas vraiment, je regarde plutôt les images.

À force, je connais l'histoire par cœur.

La sœur de Paulo, je pourrais l'aimer à pas savoir et tout abandonner pour elle.

Elle ne veut rien que j'abandonne. Elle ne me regarde même pas. Il me manque trois ans.

Trois ans pour être presque aussi grand qu'elle et pouvoir l'impressionner. En attendant, je lorgne de côté quand je passe devant chez elle.

L'été, elle fait sa langoureuse sur la balancelle. Il faut lui apporter des boissons, des jus d'orange glacés qu'elle boit à la paille en fermant les yeux. C'est à peine si elle nous parle.

Au lycée, elle a déjà des amoureux. On la voit passer en mobylette. C'est à cause de son brevet. Elle l'a eu alors forcément...

Nous, on habite seuls. À l'écart du village. On est ceux de la falaise.

Quand il pleut, on écoute les tuiles qui craquent sur le toit. Quand il fait très chaud aussi.

Le dimanche, quand on s'ennuie, on dit :

– On va à la falaise ?

Et on traverse le jardin.

Le maire vient de temps en temps. Pas souvent.

– Nous, on ne peut rien ! il dit. C'est la carrière.

La carrière, elle est fermée. Dix ans que plus personne ne vient gratter alors maintenant il loue pour qu'on brûle les ordures et les odeurs montent jusque chez nous.

Papa m'a accroché une nouvelle balançoire aux branches du cerisier. Quand je me balance, mes pieds vont dans le vide. Je vois les bennes en bas, et puis les tas qui fument. Il dit que ça ne craint rien, que c'est le seul arbre.

Qu'après il n'y aura plus d'arbres et que la vie deviendra encore plus difficile.

Sa passion, à papa, le dimanche, c'est de dormir. Moi, je voudrais qu'il m'emmène au foot.

– Demande à ta mère.

Maman, elle reste dans le canapé.

– Emmène-le donc ! On sera tranquilles pour deux heures.

– Pourquoi moi ?

Et il se tourne de l'autre côté.

– Va ramasser les noix si tu t'ennuies.

Je sors.

Au fond du jardin, il y a des vers. J'en récupère dans une boîte et je les noie dans une flaque.

Un jour, j'en ai mangé un. C'était un pari avec Paulo.

J'ai des devoirs pour demain. Je ne les ai pas faits. C'est trop tard. M. Pilou m'a prévenu.

– Si tu rates tes contrôles, je ne sais pas ce qu'on fera de toi.

Deux en maths, zéro en dictée. Forcément, ce n'était pas mon jour. Le dernier, c'est Farid mais Farid n'est pas français. Il est arrivé du Maroc en juillet. Il est hors classement.

M. Pilou a tout écrit en rouge, en travers de mon cahier. On dirait qu'il se venge de quelque chose sur moi en écrivant comme ça, avec ces grandes lettres bien appuyées.

Moi, j'ai une écriture, c'est à peine si je peux me relire. Des pattes de mouche. Même au tableau.

– Écris plus petit, il dit le maître, on verra mieux !

J'y peux rien moi si les lettres ne viennent pas. Les autres râlent, ils ne voient rien. Le maître efface. Il n'y a rien à voir de toute façon, ce que j'écris, c'est n'importe quoi.

– Alice, viens terminer s'il te plaît.

Alice, c'est la première de la classe.

Elle monte sur l'estrade et moi je descends. J'ai encore la craie dans les doigts. Je ne sais pas ce que je dois en faire. Si je la garde, ils vont penser que je la vole. Si je la repose, ils vont me regarder bouger.

Je la garde dans la main.

Les voix me viennent de loin. Ça dure longtemps. Je commence à suer des mains.

Quand je repose la craie, elle est toute mouillée. Je la cache derrière la brosse. Je vais encore en mettre plein mes cahiers.

– Allez, file à ta place. De toute façon, tu n'écoutes rien.

Je savais qu'il ne fallait pas bouger.

Je file. Ma place est loin. Il faut que je remonte toute la travée. J'ai l'impression que je ne sais plus marcher.

Il n'a pas tort le maître quand il dit que je suis lourd.

Aujourd'hui, c'est samedi mais je n'ai pas le droit d'aller chez pépé.

Je suis puni.

Puni de tout, de stade, de dessert, de télé.

Le soir, je vais au lit à huit heures et je regarde le poster de la montagne.

La montagne, ils ne peuvent pas me l'enlever. Je l'ai dans la tête. J'ai que ça même. C'est là-bas que je veux aller. J'arrive pas à expliquer. Pour tout dire, comme idée, c'est encore plus fort que la sœur de Paulo.

Pourtant, la sœur de Paulo…

Je l'ai vue mercredi. Elle était devant chez elle, contre la barrière. Avec sa copine, elles se mettent là pour que les garçons les regardent. Je ne suis pas jaloux. Elles sont tout le temps ensemble. Je ne sais pas ce qu'elles peuvent se raconter.

La sœur de Paulo, elle portait un pantalon bleu avec un pull très court pour qu'on lui voie le nombril. Tout le reste était en peau. Elle a du duvet blond sur les cuisses. Je n'ai jamais touché mais je sais. J'ai vu l'été quand elle s'allonge sur la terrasse et qu'elle se laisse bronzer.

J'ai dit :

– Bonjour, il est là Paulo ?

Paulo, il est dans le garage. Il répare son vélo.

– Qu'est-ce qu'il a ton vélo ? je lui demande.

Il me montre sa chaîne.

– Elle a pris l'eau et ce n'est pas la première fois alors à force…

– J'peux t'aider ?

– Sûrement pas. C'est minutieux.

Je ne sais pas où je dois mettre les mains. Partout où elles sont, même quand elles pendent à ne rien faire, elles me gênent.

– Tu en as pour longtemps ?

– Mmm… Ouais.

Dans le garage, ça sent l'huile de vidange et la graisse. Ce que j'aimerais, c'est sortir de là et aller jouer au ballon. Ou faire la planque dans le jardin pour capturer les pigeons.

Je pense, samedi, sûr, j'irai chez pépé. Même s'ils ne veulent pas. Même s'ils m'empêchent. Je prendrai mon vélo et j'irai.

Le téléphone, c'est pépé. Je le sais à la façon qu'a maman d'écouter, de prendre son air pincé des lèvres. Excédé.

– Il est puni, je vous dis ! Pu-ni ! Jusqu'à quand ? Jusqu'à ce qu'il comprenne et qu'il se mette à travailler. Vous voulez voir ses cahiers ? De quoi j'ai l'air moi, devant les autres parents ! Vous croyez que ça ne parle pas à la sortie ? Quoi la jument ? Quand ça ? Ha…

La jument… D'un coup, je sens mes jambes trembler. Pépé m'avait prévenu, une question de semaines.

– On la gardera jusqu'au bout, il a dit, mais elle est très vieille.

À la fin, elle ne sortait même plus de l'écurie. On lui donnait à la main de la farine de maïs et des sucres.

– Un jour, elle se couchera et elle ne se relèvera plus. Il faut s'y attendre.

Pépé, il doit être encore plus malheureux que moi, vu que c'est lui qui l'a fait naître.

Je regarde maman. Je sais qu'il ne faut pas implorer mais j'implore quand même. Je veux aller là-bas avant qu'ils l'emmènent. Voir ses yeux, prendre sa grosse bonne tête entre mes bras. Pour les chevaux, on ne peut jamais creuser suffisamment profond alors ils viennent avec des camions spéciaux. Je ne sais pas s'il y a un paradis pour les chevaux. Ni où ils vont quand ils sont morts.

Pépé dit que tout ce qui vient dans les rêves peut aller au paradis.

Pépé, il parle au téléphone. Il parle et il parle encore. Je le vois à la tête de maman et puis aux marques qu'elle se fait sur le bras à force de se gratter.

La jument, elle n'allait jamais la voir. Qu'est-ce qu'elle peut savoir du temps qu'on a passé avec pépé à essayer de lui commencer son paradis.

Comment c'était important pour nous.

– Non, ça ne change rien. Il est puni, je vous l'ai dit. Je ne peux pas céder. C'est une question d'éducation. De toute façon, pour la jument, il n'y a plus rien à faire alors... Et puis ce n'est pas un spectacle pour un enfant, vous devriez le comprendre.

Toute la nuit, j'ai tapé. Tapé dans mon lit. Des bras, des jambes et puis de la tête. Ils ne se sont pas levés.

J'ai tapé la nuit d'après et puis comme ça encore l'autre nuit. Je m'en fichais qu'ils ne viennent pas. J'étais bien d'avoir mal.

Je les ai entendus parler derrière la porte.

Je les ai entendus se disputer.

Le samedi, maman s'est levée. Elle n'a rien dit. Papa est allé couper du bois avec la tronçonneuse.

J'aurais pu partir, aller chez pépé tout seul comme j'avais dit.

Je n'ai rien fait. Je suis trop lâche pour ça.

Ça a commencé comme ça. Avec la mort de la jument. Depuis, la nuit, je ne dors pas. Je tape. Parfois je dors mais je tape quand même.

Papa se lève. Je les empêche de dormir. Il n'allume pas la lumière. Il me dit une, deux fois d'arrêter. Après, il me frappe au hasard.

J'imagine qu'un jour, il viendra avec le fusil.

Maman ne dit rien quand il me tape. Elle reste à pleurer dans son lit.

– Il fait son caractère ! Ce n'est quand même pas lui qui va gagner.

Avant, M. Pilou, quand il expliquait, je le comprenais mais je ne retenais pas. Maintenant, je ne le comprends plus. La fin du trimestre approche. Ça ne va rien arranger. Je ne sais pas quoi penser. Si maman retourne le voir, ce sera la catastrophe. J'ai imité sa signature sur tous mes cahiers. Il n'a rien vu. Il vérifie trop vite.

Elle ira, c'est sûr, elle ne pourra pas s'empêcher.

– Je vais aller le voir moi ton maître, et je lui dirai ce que je pense de sa façon d'enseigner ! Son métier, c'est d'expliquer ! Il est payé pour ça !

Maman, elle a la haine des profs, ça remonte à longtemps. Depuis son enfance à elle.

– Un boulot de fainéants et de prétentieux, qu'elle dit. Ils font ça pour les vacances mais les mômes, ils s'en foutent ! C'est connu. Y a qu'à les voir à quatre heures comme ils filent !

Ma mère, elle a déjà écrit à l'inspecteur. Elle est venue en cachette un soir relever l'adresse sur le panneau. Je le sais. J'étais dans la voiture. J'attendais. C'était contre Mlle Solange, au CP. Pourtant elle était gentille, Mlle Solange, mais maman ne l'aimait pas. Faut dire que je n'ai pas appris à lire facilement. Aujourd'hui encore, c'est pas ça.

Ma mère, elle dit que tout vient de là. Du CP raté.

Elle dit aussi qu'on devrait avoir le droit de virer les instituteurs.

Elle, elle vend du poisson salé qu'elle prend dans des caissons pleins de glace. Elle a les mains abîmées et ça la gêne quand elle parle aux gens.

Depuis le matin, ils font brûler dans la décharge. On a beau fermer les fenêtres, l'odeur est partout. Il y en a pour trois jours, le temps que ça brûle et puis que ça se finisse sous la cendre.

Maman est comme folle. Les bennes se vident là, tout au bas du jardin. Les poubelles, c'est pire que tout. Les jours de vent, les odeurs remontent et ça attire les corbeaux. Elle porte plainte mais ça ne change rien.

Quand je fais de la balançoire, je vois les bennes et puis les hommes qui surveillent le feu. Ce sont des gardes, des employés de la mairie. Ils restent calés contre les pneus de la grue. Quand il n'y a plus rien à surveiller, ils restent encore et puis ils s'en vont. Ça dure parfois la journée.

Les papiers et les plastiques volent, retombent dans le jardin. Au printemps, les tomates de papa attrapent des maladies et les fraises sont toutes molles.

Le temps se couvre. Toutes les années c'est pareil, à l'entrée de l'hiver on sait qu'on va perdre un bout de terrain.

Papa dit :

– Pour le cerisier, on a mangé les dernières cerises. Si on avait une cheminée, on le couperait pour ne pas faire perdre le bois.

Une cheminée, ce n'est pas possible. Maman n'aime pas la poussière.

Le mercredi, je joue à me faire peur. Je vais m'asseoir au pied du cerisier et je me dis : « S'il tombe, je tombe avec lui. »

Je ne sais pas s'il a conscience du vide au-devant de ses racines mais s'il en a conscience, pour sûr, il doit avoir peur.

Même moi, des fois, à m'asseoir comme ça au bord, je me dis que le moment est arrivé.

Pépé, je ne sais pas s'il est vieux. Quand je lui demande son âge, il me le dit mais je ne m'en souviens jamais.

Mémé, je sais qu'elle est vieille parce que c'est une femme et que ça se voit mieux.

Mémé, elle sait tout faire, même la confiture de châtaignes. C'est long. Ça lui prend tout l'après-midi et quand elle a fini, je l'aide à remplir les pots. Le soir, j'ai du sucre partout, sous les doigts, dans les dents. Jusque dans les cheveux.

Elle me lave dans la bassine. Avec elle, ça ne fait ni une ni deux. Elle me déshabille et elle me frotte partout, devant, derrière, entre les cuisses aussi fort que le reste. À la fin, je ne sais plus où j'en suis. Après, elle m'essuie et elle me met devant le feu avec un bon morceau de pain et une barre de chocolat.

Elle sort. Elle va donner aux poules.

Pépé est dehors aussi.

Il n'y a que le bruit de la pendule et le pas des souris sous le plancher. Je suis bien.

Si le téléphone sonne, je ne réponds pas.

Avec l'hiver, la sœur de Paulo, je la vois moins. Une fois comme ça, à l'arrêt des cars parce qu'elle revenait du lycée. Je lui ai porté son cartable.

– Si ça t'amuse ! qu'elle m'a dit.

Son cartable est lourd. Je ne sais pas ce qu'elle met dedans. En marchant, j'ai vu qu'elle avait grandi un peu sous son pull.

Je réfléchissais à ce qu'on pourrait bien dire quand elle s'est retournée vers moi avec son sourire et ses dents bien blanches.

– Alors l'Anéanti, elle en est où ta falaise ? Il paraît que ça va jusqu'au cerisier ? Il faudra que j'aille voir un jour. Tu me feras visiter ?

Pendant une semaine, j'ai rêvé à ses dents mouillées. J'ai imaginé tout ce qui pouvait se passer entre nous et quand j'avais fini d'imaginer, je recommençais.

Elle a fini par venir. Avec Paulo mais bon, elle était là. Elle marchait dans mon jardin, sous mon cerisier.

Au bord de la falaise, j'ai dû la retenir par le bras.

– Attention ! je lui ai dit, ça glisse.

J'ai gardé ma main sur sa peau, l'air de l'avoir oubliée, de penser à la décharge.

De son côté, elle mâchonnait un chewing-gum à la banane. J'ai horreur du chewing-gum à la banane mais dans sa bouche à elle, c'est devenu le paradis.

Paulo a filé un peu devant. Nous deux, on s'est arrêtés et on a lancé des pierres dans la carrière.

– Dans quinze jours, j'ai onze ans, je lui ai dit.

Et j'ai continué à lancer des pierres.

Après il a commencé à faire froid et je les ai raccompagnés avec mon vélo.

De retour à la maison, j'ai relu tout Merlin et j'ai téléphoné à pépé.

Depuis quelque temps, maman, ça va mieux. Elle me laisse aller chez pépé comme je veux, même le mercredi. Et le samedi, je mange avec eux.

C'est à cause de M. Pilou. La dernière fois, quand elle est sortie de la classe, elle ne criait pas.

Elle ne m'a pas giflé non plus. Elle m'a regardé bizarrement, en fronçant un peu la peau entre ses yeux. Ce n'était pas méchant. Pourtant, il avait dû lui dire pour les notes du carnet et pour la signature.

Le soir, avec papa, ils ont parlé.

Le lendemain, maman a téléphoné à un docteur de la ville pour avoir un rendez-vous.

– C'est un docteur spécial, il écoute les enfants.

Elle m'a demandé si j'étais d'accord et j'ai haussé les épaules.

C'est bien des idées à Pilou, ça !

Le docteur s'appelle M. Durandon. Ses mains sont tout abîmées comme s'il avait gratté longtemps dans la terre ou qu'il les avait mises au soleil pour les faire brûler.

Il a parlé un moment avec maman toute seule et puis après avec moi et maman m'a laissé avec lui.

Depuis, je le vois une fois par semaine. Comme c'est l'hiver, ça ne me gêne pas. Il me fait faire des dessins avec des crayons que je n'ai pas à la maison et puis il me montre des images pour que je lui dise ce que je pense.

Quand l'heure est passée, il me dit de ranger mes affaires et je rentre à la maison.

Moi, je n'en savais rien de tout ça. C'est Paulo qui m'a dit :

– Alors c'est vrai ! Tu vas aller chez les dingues ?

Il a bien vu que je ne comprenais pas.

– Le toubib chez qui tu vas le jeudi, c'est pas un toubib comme les autres. C'est un psychologue. La tête, tu comprends ? Ma mère en a parlé l'autre soir à table pendant qu'on mangeait.

J'ai haussé les épaules.

Paulo, quand il a vu que je m'en foutais, il a enfoncé le clou :

– Les psychologues, c'est pour les dingues, mon vieux, pour les dingues !

N'empêche, depuis, la sœur de Paulo, elle me regarde autrement. Elle s'approche de moi même quand je suis loin et elle me pose des questions sur ma vie. Sur la façon dont je suis né.

Tout vient de la naissance, elle dit, de l'arrachement à la mère. Elle appuie bien sur le mot pour me faire comprendre la gravité. Elle a lu ça dans les livres.

Maintenant, c'est elle qui touche mon épaule.

Quand elle me regarde, elle s'approche près, on dirait qu'elle cherche quelque chose au fond de mes yeux.

Dans quinze jours, c'est Noël. La neige n'est pas encore tombée mais ça ne va pas tarder. Le ciel est tout blanc. On la sent, la neige, là, dans le ciel, au-dessus de nos têtes.

Le maître a expliqué comment ça se formait. Il a aussi parlé de la neige qui s'entasse dans le cerveau de certains enfants.

Quand il a dit ça, les autres m'ont regardé en rigolant. J'en ai marre parfois.

Heureusement, c'est le jour du sapin.

Le soir, je reviens de l'école sans traîner. Maman l'a dit. On va le faire dans la salle à manger, il suffit de tirer le fauteuil, il a sa place dans le coin, près de la prise pour la guirlande.

En fait, ce n'est pas un vrai sapin. C'est plutôt une branche que papa va couper dans la haie et qu'il cloue sur une croix. C'est quand même bien.

Maman prie souvent pour Jésus. Elle dit qu'il faut être très sage sur terre sinon on va en enfer. Pour savoir ce que c'est l'enfer, il faut s'approcher du feu et rester longtemps sans manger. Des jours, des semaines, jusqu'à avoir envie d'avaler les flammes. Après, on commence à comprendre.

Le Jésus, elle le couche sur du coton, avec un âne, une vache, des moutons, et autour des tas de gens qui regardent devant en ayant l'air de s'ennuyer.

– Ne touche pas ! C'est sacré.

Le mardi, je vais au catéchisme.

– Comme s'il y a besoin de lui mettre encore ça dans la tête ! qu'il dit papa.

Toutes les années, c'est lui qui accroche l'étoile d'or tout en haut du sapin. Maman et moi, on s'occupe des boules, des guirlandes et de froisser le papier pour la crèche.

C'est pour ça que je me dépêche. Pour pouvoir aller chercher le carton dans l'armoire du grenier et commencer la décoration.

C'est un carton tout déformé. À l'intérieur, ça sent la poussière, la bonne odeur des Noëls passés. Les guirlandes sont rangées dedans, avec les boules et tout ce qu'on va accrocher en faisant bien attention de ne rien casser.

Quand je rentre dans la maison, je vois tout de suite que quelque chose ne va pas.

Au silence.

Au carton vide dans le couloir.

J'ai un pressentiment. Je n'ose pas avancer. J'avance quand même et là, je le vois. Le sapin, tout en boules et en lumières. Avec les guirlandes et les boules de coton.

Et maman à côté, dressée sur l'escabeau.

– Ha ! C'est toi ? Ferme la porte pour les courants d'air.

Elle accroche l'étoile.

– Ça y est, c'est fini ! Alors, comment tu le trouves ? Il n'est pas beau ?

J'ai mal partout de comprendre ce qu'elle a fait.

– Ça m'a pris tout l'après-midi, elle dit. Je suis épuisée.

Elle descend de l'escabeau.

– Fais pas cette tête ! Avec toi, c'est trop galère. Et puis rappelle-toi l'an dernier, tu as cassé deux boules. J'ai préféré faire seule, que vous ayez la surprise quoi ! Alors, il n'est pas beau ?

La surprise, elle me fait un sale goût dans la bouche.

– Si, il est beau, je dis pour pas que ça fasse d'histoires.

Et puis je ressors. Je vais jusqu'au cerisier. Elle a raison, maman, je casse tout. Maintenant, elle peut faire ce qu'elle veut avec son sapin. En tout cas, qu'elle compte pas me prendre en photo devant.

Le ciel est de plus en plus blanc. À force de le regarder, j'ai mal aux yeux. Je regarde quand même. Je veux devenir aveugle. Qu'il m'arrive quelque chose. Il ne m'arrive jamais rien. J'ai froid, c'est tout.

Le jeu de la peur, c'est de s'approcher près du gouffre et puis plus près encore. Les yeux fermés. Avancer droit, à pas de fourmis. Pointe-talon. Pointe-talon. Jusqu'à sentir la cassure, le trou de la falaise comme dans les rêves mais en plus vrai.

Moi je triche. J'ouvre les yeux. En fente.

Même ça, je ne suis pas capable, me tuer comme un grand.

Un pied et puis l'autre.

De toute façon, Jésus, je n'y crois pas.

Pointe-talon. Il n'y a plus d'herbe. L'herbe ne pousse pas quand il fait aussi froid.

Avec le vent, j'ai les larmes qui gèlent dans les yeux.

Pointe-talon.

Et puis pointe.

Je suis au bord. Impossible d'aller plus loin. Impossible de respirer. J'ai du mal à avaler. Je me mets à trembler des jambes et puis des dents. Il suffirait d'écarter les bras pour devenir un papillon.

Un enfant, ça ne s'envole pas, ça tombe. Ça s'écrase et après ça se met dans un trou. On pleure un peu dessus et on montre son visage à la télé.

Où est la jument ? Personne n'a pu me dire si elle était au paradis. À la droite de Jésus ou à sa gauche, c'est pas important.

Son amour, c'était de l'amour de cheval, ça puait le crin et la sueur mais c'était bon à sentir, le soir, quand il pleuvait.

Je commence à crier, comme ça, dans le vent, dans le vide, dans ce ciel plein de neige qui va tout écraser, le jardin, le cerisier, la maison, le sapin avec la crèche et le petit Jésus que même lui, il ne pourra rien empêcher.

Personne ne me répond. Il n'y a pas d'écho. Je crie plus fort, ça me fait du bien parce qu'il fait froid et que le vide est devant moi, au bout de mes pieds.

Soudain, quelque chose m'arrache de là. Je suis éjecté de terre, soulevé, quelques secondes, et puis je retombe. C'est maman. Elle tremble de colère.

– Tu es devenu complètement fou, mon pauvre gosse !

La gifle m'écrase la tête et comme si une ne suffisait pas, il en vient une autre et une autre encore.

Décidément, Noël s'annonce mal.

J'ai acheté un paquet de chewing-gums à la banane et j'en mâche un de temps en temps. Par petits bouts. Je ferme les yeux et je retrouve le goût.

La sœur de Paulo, je ne la vois plus. C'est à cause de l'hiver. Elle reste dans sa chambre à écouter de la musique à fond. C'est une musique, on n'a pas idée le bruit que ça fait, un peu comme un marteau-piqueur mais en plus violent.

Après, elle s'enferme dans la salle de bains et j'entends l'eau couler. J'imagine les gouttes et puis tout ce qu'elle fait avec le savon.

Avec Paulo, on joue aux sept familles sur le tapis du salon. Eux aussi ils ont fait le sapin, mais dans la cuisine, sur une chaise à côté du frigo.

Paulo, pour sa sœur, il ne se doute de rien. Dans sa maison, je touche tout, rien que de savoir qu'elle y a touché aussi. Le mieux, c'est quand elle a bu et que je peux toucher son verre, là où elle a posé ses lèvres. Pendant trois jours, je ne me lave plus.

Un jour, j'ai même bu après elle. L'air de rien. Elle avait posé son verre dans l'évier, sans le rincer. Personne ne m'a vu faire. J'ai léché. Je l'avalerais elle tout entière si je pouvais.

Quand elle a fini avec sa douche, elle vient s'asseoir à côté de nous. Sur le tapis. Elle sent bon le savon, le lait, la peau. Elle nous regarde faire en se glissant les doigts dans les cheveux pour les faire sécher.

– Tu ne peux pas aller faire ça ailleurs ! qu'il lui dit Paulo.

Mais elle, elle reste. Elle passe du vernis rouge sur ses ongles de pieds. Je vois un peu sous sa robe, le fond blanc de sa culotte. Je perds tout. Je n'arrive pas à faire deux familles. Elle souffle pour faire sécher. Sûrement elle me prend pour un demeuré de perdre comme ça.

Quand je pars, elle dit :

– Salut, l'Anéanti !

Je me retourne et je la regarde comme on regarde du jambon un jour de grande faim.

Ma mère veut prendre rendez-vous. Elle me le dit comme ça, en regardant le carnet.

– Je ne signe pas ! et puis elle referme le cahier.

Je lui tends quand même le stylo. Elle hésite et puis non, elle ne signe pas ça.

– Je vais aller le voir, moi, ton maître ! Tu lui demanderas un rendez-vous. Un soir, après quatre heures et demie.

– Pour cette semaine, il est bien pris, je dis.

J'espère qu'elle oubliera, ma mère, mais elle n'oublie pas. Elle garde tout sous le pied, comme elle dit.

C'est comme ça qu'un soir, elle se pointe dans la cour avec sa robe en panthère. Rendez-vous ou pas, elle est là. Je la vois venir par la fenêtre. Paulo non plus, il ne la rate pas. Il me donne un coup de coude :

– T'as vu ! C'est pas ta mère, là-bas, dehors ?

Je ne réponds pas.

– Regarde ! Vers le portail ! Je te dis que c'est elle !

– Tais-toi, Paulo, y a les devoirs à marquer.

Paulo, il ne lâche pas. Jamais. C'est son côté à lui.

– Je suis sûr que c'est elle ! C'est pour tes notes qu'elle vient ? La vache… Ma mère, elle cogne mais elle ne vient pas. C'est à cause de son français, elle n'est pas sûre.

Ma mère, elle a traversé la cour tout en large avec son sac à main et ses talons qui claquent. Maintenant, elle est sous les fenêtres. De ma place, je vois le haut de ses cheveux. Elle s'est crêpée pour que ça gonfle et elle a mis de la laque par-dessus.

Quand je sors, elle m'attrape par le bras. Je vois tout de suite, elle a sa tête des mauvais jours.

– Toi, tu restes là et tu m'attends !

Elle entre en faisant craquer le plancher. M. Pilou est en train d'effacer le tableau. Quand il la voit, il revient s'asseoir derrière son bureau. Il fait rouler son crayon et puis il regarde sa montre.

Ma mère ouvre en grand le cahier et puis elle montre des choses, les notes, les fautes, les corrections, tout ce qu'il y a dedans de rouge et de barré.

Elle attaque, ma mère, elle attaque.

Quand elle sort, elle me gifle.

Je vais toujours voir le docteur de la ville. Une fois par semaine. Le jeudi.

C'est pour ça qu'elle est désespérée, maman. Ça ne change rien. Je tape toujours la nuit.

Je lui demande au docteur :

– Je suis malade ?

Il dit :

– Est-ce que toi tu te sens malade ?

Avec lui, c'est tout le temps comme ça. On ne s'en sort pas. Il répond toujours aux questions par d'autres questions. Maman, elle peut dire ce qu'elle veut, M. Pilou, il a des réponses toutes faites. On sait où on va.

– Et Merlin, il existe ?

– S'il existait, qu'est-ce que tu lui dirais ?

Ce que je lui dirais, à Merlin ? Mais tout ! Ça se bousculerait même tellement dans ma tête que je ne saurais pas par quoi commencer.

– Et tu ne peux pas faire comme si moi j'étais Merlin et tout me dire ?

Je le regarde, éberlué.

– Vous, Merlin ?

– Oui, moi, pourquoi pas ?

Derrière son bureau, avec son regard de lunettes et son pull à carreaux. Merlin, il n'y pense pas !

Je dis :

– Ce n'est pas possible. Merlin, il vit dans une forêt.

Il semble comprendre.

– C'est dommage, il dit.

Je prends une feuille dans le tas et je fais un dessin. Quand j'ai fini, je lui montre.

– C'est une montagne ? il demande.

– C'est là-bas que je veux aller quand je serai grand, quand j'en aurai fini avec ici.

Il pose le dessin bien à plat sur le bureau et il le regarde attentivement. Il secoue un peu la tête.

– Dans ton dessin, il n'y a personne, pas de maisons, pas de routes. Où habitent les gens ?

– Il n'y en a pas, je dis. C'est que du silence.

Le silence, c'est quelque chose de grand, de rond, on peut s'enfoncer. Je lui montre avec mes mains. Je n'ai pas besoin de mots. Il comprend. Il note dans son cahier.

– C'est tout pour aujourd'hui, il dit, on a bien travaillé.

Maman m'attend dans la voiture.

– Alors, ça a avancé aujourd'hui ?

Je hausse les épaules.

– Et tu lui as dit ?

Je baisse la tête. Elle ne démarre pas.

– Tu lui as dit ou pas ? Réponds quand je te parle !

– Non... On a fait autre chose.

– Tu ne lui as pas dit ? Alors j'y vais moi.

– Maman ! Il a dit non, que tu ne devais plus monter. Déjà la dernière fois, il n'était pas content.

Maman claque la portière.

– À ton avis, je le paye pour qu'il soit heureux ou pour qu'il nous sorte de là ?

Je me tasse dans mon siège et j'attends. Il fait presque nuit. On ne laisse pas un enfant tout seul dans une voiture. Quelqu'un pourrait me prendre. M'emporter. Je deviendrais un enfant de la télé. J'aurais ma photo dans les journaux.

La petite horloge clignote. Il est six heures. Je tape toujours la nuit. C'est pour ça que maman va voir M. Durandon. Elle veut qu'il sache. Maintenant, ils sont là-haut, tous les deux. Ils parlent de moi. Ils disent du mal, que je fais exprès, ce n'est pas vrai, ils ne savent pas.

Je ne sais pas ce qu'ils vont faire de moi.

Papa, ça l'empêche de dormir. Quand il me gifle, ça ne me fait même pas mal. Il dit un peu plus ou un peu moins, qu'au moins ça le soulage et qu'après il se rendort.

Maman dit que me frapper, ça ne sert à rien.

Que je fais tout pour leur gâcher la vie.

Elle va lui raconter et après j'aurai honte.

Elle va lui dire aussi pour les poulets. Quand je vais chez mémé. Elle les tue et moi je les vide de leur dedans. J'enfonce. C'est encore tout chaud de vie autour de ma main, et puis j'arrache, je tire tout ce qui pue. Je fais venir. Après, c'est propre et je suis heureux.

Maman, elle ne comprend pas ce bonheur-là. Quand elle a su, elle a pris la voiture et elle est allée voir mémé.

– Il ne fait rien de mal, qu'elle a dit mémé. Il m'aide à vider les poulets, c'est tout !

Maman n'était pas contente. Elle avait fait le trajet exprès.

– Qu'est-ce que vous pouvez en savoir, vous, de ce qui est bien et de ce qui est mal !

Mémé n'a rien répondu. Elle lui a donné le poulet.

– Pour votre dimanche.

Maman, elle n'a même pas dit merci. Elle est remontée dans la voiture et elle a fait démarrer.

Mémé est retournée à la cave pour faire ses fromages. J'ai bien vu à ses épaules qu'elle avait de la peine pour ce qui s'était dit.

Quand maman est redescendue de chez le docteur, j'ai compris que quelque chose n'allait pas. Maman, elle a un visage, ça ne trompe pas. C'est à cause du maquillage. Elle en met trop et il coule aux lèvres quand elle est énervée.

Elle a claqué la portière et elle est restée un moment à respirer. Quand elle a pu parler, elle a dit :

– C'est réglé.

C'est tout. C'est réglé. Et puis elle a démarré vite, sans regarder. On a entendu un coup de frein derrière et un coup de klaxon. Maman a baissé sa vitre. Elle a fait un geste par la portière et la voiture n'a plus rien dit.

On est rentrés à la maison.

Le jeudi, je ne suis pas allé chez le docteur, ni le jeudi d'après. J'ai fait mes dessins pour moi, dans ma chambre.

C'est dommage, je commençais à m'habituer.

Autour de la maison, le soir, il y a des fades. Tonton François dit que les fades, c'est comme des petits lutins mais en filles. Elles portent des habits de lumière. Si on attend la nuit, on les voit briller.

Tonton François, c'est le frère de papa mais il n'est pas comme lui. Quand il parle, il est différent. Quand il bouge aussi. Paulo m'a expliqué :

– François, il est pédé !

Et comme je ne comprenais pas :

– Il est pédé, je te dis ! Il va avec les hommes.

Il n'a pas voulu m'en dire plus mais j'ai senti que ce n'était pas une chose à faire.

N'empêche, François, c'est le seul qui s'intéresse à moi. Il m'a même acheté un livre. Sur la couverture, on voit Lancelot, la dame du Lac et puis le château derrière, tout en grand. Il y a un dessin par page et les pages sont épaisses.

Papa dit que les princes n'existent pas. Les fades non plus. Que c'est tout dans ma tête. Papa, il ne croit en rien. C'est comme pour la neige. Il n'y a pas cru et la neige est tombée. Maintenant c'est tout blanc. Un mètre entier dans le jardin, j'ai mesuré.

L'école est fermée alors avec Paulo on a fait un igloo. Quand on a essayé d'allumer le feu, la neige a fondu. Le toit nous est tombé dessus.

Les voitures ne roulent pas. Il faut marcher pour aller chercher le pain. L'après-midi, comme il y a du soleil, on va faire de la luge.

Le lycée de la ville est fermé aussi alors la sœur de Paulo, elle vient jouer avec nous. Elle se roule dans la neige. Elle peut, elle a la combinaison, le bonnet, les gants. Moi je n'ai rien.

Quand je rentre, je suis trempé. Je ne dis rien. Je me change. Je fais bien attention à ne pas claquer des dents.

Le mercredi, c'est pareil. En plus, je passe chez tonton François. Tonton François habite de l'autre côté du village, une vieille maison avec un poêle et du bois. Chez lui, c'est différent. Il y a des tableaux partout, par terre, contre les murs, et puis des cartons, des planches, des tas de choses qu'il récupère et qu'il ne range pas.

Il y a des livres aussi. Des livres sans images. Quand j'y vais, il me montre ses couleurs, ses pinceaux.

– Fais-toi plaisir !

Plaisir, je ne sais pas, alors je tourne autour des pots, je n'ose pas toucher. Je dis :

– La prochaine fois.

En sortant, je file chez Paulo. Ses parents ne sont jamais là. Ils tiennent un magasin dans le centre de la ville, une sorte de petit supermarché. « Une épicerie quoi ! » elle dit maman pour se moquer.

La neige est encore épaisse. Avec Paulo, on se fait une bataille de boules et puis on sort la luge. Après, on se trempe un peu plus en réparant l'igloo. À trois heures, Paulo s'en va. C'est pour l'appareil qu'il va avoir sur ses dents. Avec sa sœur, on rentre manger du gâteau.

– Cinq minutes, elle dit. Tu peux bien !

Dans la maison, il fait chaud. Ça sent le sucre. Elle s'assoit juste en face de moi, de l'autre côté de la table. Le gâteau, c'est elle qui l'a fait. J'en mange trois morceaux. Je mangerais le plat si elle me le demandait. Je n'ose pas la regarder. J'entends juste les bruits qu'elle fait avec sa bouche quand elle avale.

On n'a rien à dire alors on boit de la limonade et on récupère les miettes qui sont par terre pour les donner aux oiseaux.

– Alizé, elle me dit, tu aimes ?

Je secoue la tête. Je ne sais pas.

– Parce que moi je l'adore ! Elle est trop ! Son dernier CD, tu veux qu'on l'écoute ?

Elle grimpe les escaliers. Disparaît dans sa chambre. Elle va mettre le disque fort et on écoutera d'en bas. C'est ce que je me dis.

La musique commence. Elle ne revient pas. J'en profite pour lécher son verre.

– Et alors l'Anéanti, tu viens ou quoi ?

Du haut de la rampe, je vois sa robe, sa tête penchée. J'ai les jambes en coton. Je ne sais pas comment on fait pour monter dans la chambre d'une fille.

La mère de Paulo, elle cire les marches. Ça glisse.

J'enlève mes chaussures pour ne pas salir. Tout en haut, il y a une photo, en grand, toute la famille. On dirait qu'ils me regardent venir.

Je me tiens à la rampe.

La sœur de Paulo, elle est couchée en plein travers de son lit, un oreiller derrière la tête.

Je reste à la porte. Je regarde droit devant, la fenêtre, le jardin. Ici, ils n'ont rien à craindre, ils n'ont pas de falaise. Pour nous, ça craint, avec tout le poids de la neige et l'humidité.

Des fois je me dis, mon destin c'est de finir enseveli.

– Ne reste pas là piqué comme un nabot ! Entre.

Elle me montre son lit. La place à côté. Je craque des os tellement j'ai peur d'avancer. Elle va entendre, me demander pourquoi ça fait ça quand je marche.

Elle ne me demande rien.

Je m'allonge.

J'ai la nuque qui casse.

– Tiens, mets-toi un oreiller dans le dos, tu seras mieux. Écoute ! On va mettre à fond !

Elle monte le son. Les murs vibrent, il y a quelque chose en moi comme une falaise qui s'effondre. J'ai la tête dans son odeur, ça fait trop à la fois.

À la troisième chanson, je m'étouffe dans l'oreiller et je me mets à pleurer.

Elle baisse la musique.

– Qu'est-ce que tu as ? C'est la musique qui te fait ça ?

Je sens sa main qui passe sur mon visage, sèche mes larmes.

– Oh ! Tu es trop chou…

Je ferme les yeux. C'est sûr, la falaise a tout emporté. Je suis mort. Au paradis. Les mains de Dieu, c'est ça, la douceur sur mes yeux et puis l'odeur des anges.

– C'est l'émotion, elle dit. Moi aussi je pleure quelquefois… Ça va ? C'est fini ?

Je vois ses seins sous sa robe. Le tissu blanc de sa chemise.

D'un coup, je ne sais pas pourquoi, de la respirer de si près, je me sens triste à mourir.

Avant de partir, elle me met un morceau de gâteau dans la main.

Pour le chemin.

Elle me sourit.

Moi j'en ai pour la semaine d'être heureux.

Forcément, maman, elle ne s'entend pas avec pépé. Elle ne s'entend pas non plus avec M. Pilou. Elle ne va plus le voir. Maintenant, elle lui écrit des mots dans mon cahier, des mots avec tout ce que je n'ai pas compris et qu'il faut qu'il m'explique.

Je ne lis pas tout. Ça fait des pleines pages.

Elle fait ça le soir, en regardant la télé.

De retour, elle demande :

– Il a lu mon mot, ton maître ? Qu'est-ce qu'il a dit ? Et pourquoi il n'a pas signé ?

Qu'est-ce que j'en sais, moi ! Il a fait sa leçon, comme d'habitude. C'est pas un mot qui va changer sa journée. D'ailleurs, je ne suis pas sûr qu'il lise tout.

– De toute façon, elle dit maman, l'année prochaine, je te mets dans le privé. Là-bas au moins, tu seras vissé ! On fera quelque chose de toi. Je suis prête à payer ce qu'il faut pour ça.

Le privé ! L'école des curés, tout au milieu du village. La hantise de tous. Quand on en parle dans la cour, c'est la terreur. Un jour, avec Paulo, on est allés tourner autour. C'est fermé comme une prison, avec des grands murs. On a jeté des pierres de l'autre côté et on ne les a pas entendues retomber.

On est partis en courant.

Avec ceux du privé, c'est la guerre. On se bat. On peut se mettre à mort. On le sait alors on s'évite.

Dans notre école, on a des os. Des vrais. Cimentés dans le mur, au fond de la cour. On leur fait peur avec ça. On leur dit que c'est des élèves du privé qu'on a réussi à attraper.

Ils nous appellent les killers.

Nous, on les appelle les cureteux et on leur fait le geste de Satan avec les doigts.

Même pour le catéchisme on ne se mélange pas. Chacun son banc et le curé au milieu.

Si je vais dans le privé, je vais devoir changer de banc. Je n'aurai plus de copains.

Les deux jours qui suivent, j'essaie de travailler. D'écouter.

Le jeudi, c'est fini. Je reprends mes habitudes, couché sur mon bureau, à mordre dans mon stylo. J'ai de l'encre partout, dans la bouche, sur les dents. Je frotte au savon. Ça ne part pas. Les autres se moquent de moi. Le reste de la journée, ils me courent après, ils m'appellent Dracula.

C'est pas qu'il ne m'aime pas, M. Pilou, mais maintenant il me laisse tranquille. Pourvu que je ne fasse pas de bruit, c'est tout ce qu'il demande.

Comme je suis au fond de la classe, je les regarde quand ils lèvent le doigt. Ils se battraient pour répondre. Pour aller au tableau. Ça me paraît loin ce qui se passe là-bas, autour du bureau.

Moi, le bureau, c'est mon angoisse. Je ne suis pas fait pour la scène

Paulo, il a un appareil maintenant. Un truc en fer qui lui laisse la bouche ouverte et le fait baver des dents. Quand je lui raconte pour le privé, il n'en revient pas. Il reste une heure à réfléchir dessus.

À la fin, il dit :

– On dira aux autres que tu es un espion. Que tu passes à l'ennemi pour mieux l'infiltrer. Avoir des informations. On se donnera des rendez-vous secrets et tu nous raconteras.

Du menton, il me montre le reste de la classe.

– Il faut leur en parler.

À la récré, l'information circule.

Le soir, tout le monde sait. On me regarde avec envie, respect. On m'attrape par le bras pour me poser des questions.

– Tu nous diras où ils planquent leurs vélos ?

– Il faudra faire un plan de l'école, avec les fenêtres qui donnent sur la rue.

– Il paraît qu'ils ont des cachots, avec des grilles tout au fond, sous les fondations. Ils enferment des enfants dedans et ils les oublient.

– Il paraît que le dimanche, ils mangent le corps d'un homme qu'ils ont tué il y a très longtemps.

– Et il est encore bon ?

– Faut pas rire ! C'est de la religion.

Les petits n'approchent plus. Ils regardent de loin, ils envoient les plus dégourdis. D'un coup, je me sens important. Dans la cour, on m'appelle l'Espion.

– Il faudra t'arranger pour planquer une photo du diable dans leur école. Ça doit être terrible comme effet ! On te trouvera ça dans les livres du curé... Ou on en fabriquera un avec du tissu et des plumes. On lui plante des aiguilles dans la tête et le tour est joué. Ça leur apportera la poisse, le déluge, je sais pas moi, mais pour sûr ça fera tourner l'eau dans leurs bénitiers ! Pas vrai les gars ?

– Et s'il se fait prendre ?

Avec le diable, plus personne ne rit. On reste entre nous. Quand ça sonne, on se donne rendez-vous pour l'après-midi.

Je ne suis plus seul. Je n'ai plus envie de me battre.

D'un coup j'aime ma mère.

Près de mon bureau, à l'école, il y a l'aquarium de Roumy. Roumy, c'est le poisson. Quand je m'ennuie, je le regarde.

Je le regarde souvent.

Les autres poissons, il les a tous tués. Maintenant, il a le bocal rien que pour lui.

C'est moi qui lui donne à manger, le soir, avant de sortir. C'est moi aussi qui branche le bulleur. Tant qu'il n'a pas à manger, il tourne. Dans un sens, dans l'autre. Il ne s'arrête pas.

Des heures je le regarde.

M. Pilou ne me dit rien.

– De toute façon…

Et il met dans son silence tout l'impossible de son métier.

Maintenant, je l'aime bien, M. Pilou, je commence à m'habituer. C'est sa voix surtout. Quand il parle, je m'endors.

Entre lui et moi, c'est comme ça. On essaye de ne pas se déranger. C'est sûrement à cause de maman, de tous ces mots qu'elle lui écrit. Quand elle lui a dit pour l'école privée, il a haussé les épaules.

– Si elle croit aux miracles !

J'ai bien compris au ton de sa voix que lui, il n'y croyait pas.

Pépé, ça l'a rendu furieux.

– Mon petit-fils chez les curés !

Et mémé lui a fait un geste pour qu'il se calme.

– Ton cœur, pépé, ton cœur…

Elle l'appelle pépé, pourtant c'est son mari.

Maman, elle ne veut pas que je téléphone quand elle n'est pas là. Je téléphone quand même. Chez pépé, l'eau du robinet a gelé. Le lac aussi. Dans la cour, le tracteur ne démarre plus.

Des carpes sont restées prises dans la glace. On les voit bien. Samedi, j'irai pisser dessus pour faire fondre la surface.

La nuit, le vent a emporté une tuile du toit. Une tuile seulement. Pépé dit « On montera réparer. »

Maman revient des courses.

Elle a un paquet pour moi.

– Ton chien ! elle dit.

En plastique. Avec des touches pour actionner. Elle me montre.

– Ça, c'est le bouton pour le nourrir. Quand ça s'allume, c'est qu'il a faim. Celui-là, c'est pour lui donner à boire et celui-là, quand il veut sortir. Tu dois tout faire avec lui comme avec un vrai chien. Si tu ne t'en occupes pas, il crève. Il a deux vies. À la deuxième, il meurt pour de vrai.

Elle plante ses yeux dans les miens.

– Alors, tu es content ?

Avec maman, on met le chien sur ses pattes et on commence par le nourrir. Au début, tout va bien mais après, on lui donne trop. La lampe rouge clignote. Avec maman, on est pliés sur le divan avec le chien entre nous, malade à crever.

On dit : « Pauvre bête quand même, avec nous, il est mal tombé ! »

On se passe un film. On oublie l'heure.

– Comment tu vas l'appeler, ton chien ?

– Jo la Poisse !

Jusqu'à ce que papa arrive, c'est comme ça.

Quand papa est là, il faut lui expliquer. On a beau faire, on voit bien qu'il a du mal à comprendre.

Le chien a fini par crever. C'était à prévoir.

Je lui ai dit à maman :

– M'man, le chien, les lampes, elles sont toutes éteintes.

– Te bile pas, qu'elle m'a répondu. Appuie sur la touche verte, il va repartir.

J'ai appuyé.

Après, je l'ai oublié.

Je l'ai retrouvé trois jours après, coincé au fond de mon cartable. Je suis resté un bon moment à le regarder.

À penser à lui comme à un vrai chien.

À penser jusqu'à être malheureux. Le malheur, je connais bien. Quand il arrive, je ne m'étonne pas.

J'ai roulé le chien dans un mouchoir et je suis allé l'enterrer au bord de la falaise.

Pépé, il n'a pas voulu me croire quand je lui ai dit que ça existait les chiens comme celui-là. Il a fallu que je le déterre.

– Tu crois en ça, toi ? il m'a demandé pépé quand il l'a vu.

J'ai secoué la tête :

– Non, bien sûr que non… C'est idiot.

De toute façon, pépé, il n'aime pas le progrès.

– Il est mort quand même ! je dis.

– Mort des clous ! C'est de la mécanique.

Il prend le chien entre ses mains et il le tourne. Avec la pointe de son opinel, il lui dévisse le ventre pour voir comment c'est fait dedans, s'il n'y aurait pas une pile à changer ou une batterie, quelque chose pour le rendre éternel.

– N'empêche, c'est moi qui l'ai laissé crever, je dis quand je vois tous les fils qui s'emmêlent.

Pépé, il lève les yeux et il croise les miens. Il regarde le chien, les fils qui pendent, il serre le poing et il balance tout directement sur le tas de fumier.

– Génération de fous ! il dit.

Il tourne les talons et il rentre dans sa maison.

L'après-midi, je passe chez tonton François. L'été, tonton François travaille au plan d'eau. C'est lui qui loue les pédalos. Il ne me fait pas payer. Jamais.

L'hiver, il part deux mois en montagne. Il vérifie les forfaits en bas des remonte-pentes. Quand il y a des avalanches, il aide pour les recherches.

Le reste du temps, il vit en réparant les chauffe-eau.

Je lui parle de la montagne.

– C'est là que je veux vivre, je dis, avec des moutons, des chevaux que personne n'attachera. Ils iront où ils voudront. Moi, je serai là pour veiller aux mangeoires. On me donnera de l'argent pour ça et je serai utile au monde.

François me regarde.

– Utile au monde...

Je baisse les yeux.

– Il me faut encore deux ans...

François se lève, il va fouiller dans ses livres. Il les connaît tous. Je crois même qu'il les a tous lus. Maman dit qu'il est assez fou pour ça mais que ce n'est pas des livres pour nous.

Il reste debout contre le mur. D'une main, il fume et de l'autre, il tourne les pages.

Je le regarde.

Je voudrais lui demander ce que c'est vraiment un pédé.

– Tu sais, la nuit, quand je dors, je tape.

Je ne sais pas pourquoi je lui dis ça.

J'ai parlé tellement vite que je crois qu'il ne comprend pas. Pourtant, il comprend.

– Tu tapes ? il demande en levant les yeux du livre.

– Oui.

La fumée, ça fait comme un grand nuage bleu autour de sa main. Il finit sa cigarette et puis il écrase le mégot dans le cendrier. Il a les doigts jaunes, le dessus des lèvres aussi.

– Tu m'expliques ?

– Des pieds, des mains... De la tête aussi ! Contre les barreaux derrière mon lit. Ils disent que je fais exprès mais ce n'est pas vrai.

C'est la première fois que je parle de ça à quelqu'un.

François ne répond pas. Il retourne chercher dans son livre. Quand il a trouvé, il dit :

– On ne fait jamais exprès de faire ces choses-là. Tiens, regarde !

Il me tend le livre.

– Cette montagne, ce n'est pas une montagne comme les autres. C'est la plus haute. Elle s'appelle l'Himalaya... Est-ce que tu sais pourquoi tu tapes ?

– Non.

– Tu devrais y réfléchir. Quand on fait quelque chose, il faut comprendre pourquoi on le fait. C'est une question de liberté. Quand tu sauras pourquoi tu tapes, tu taperas encore plus fort ou alors tu ne taperas plus du tout, mais c'est toi qui décideras.

François, je ne comprends pas toujours tout ce qu'il dit mais quand il parle, je l'écoute. Il me laisse encore un moment regarder les images du livre et puis il me montre l'heure.

– Maintenant sauve-toi, tu sais que tu ne dois pas être là !...

Ça le fait rire. Tonton François, il ne prend rien au sérieux. Même pas les colères de maman.

2

Ça y est, la falaise a lâché.

D'un bloc.

Dix. Douze mètres.

Le cerisier est parti et puis tout le reste, la bande de terre, les salades et le petit banc.

Je savais que ça viendrait, mais pas d'un coup, pas si près.

J'étais tout seul à la maison quand c'est arrivé. Je regardais la télé. Le Coca a commencé par trembler dans le verre. Je n'ai pas compris tout de suite. J'ai pensé à un avion. Il en passe de plus en plus et ils volent bas.

Après, j'ai entendu le bruit.

Un bruit comme ça, on ne peut pas se tromper. Je suis resté collé au divan et j'ai attendu que le bruit s'arrête.

Quand j'ai ouvert la porte, le jardin n'était plus là.

À la place, il y avait un trou. Un trou énorme, dans lequel on aurait pu basculer une montagne.

Je ne peux pas dire ce que ça m'a fait.

Je suis resté sur la terrasse, les bras ballants. Sans pouvoir bouger. Il m'a fallu du temps pour comprendre que c'était vraiment arrivé.

Les voisins sont venus. Ils avaient entendu le bruit. Ils n'en revenaient pas tous autant qu'ils étaient.

– On va chercher ton père, ils m'ont dit.

Ils voulaient voir ce que ça faisait dans les yeux de quelqu'un de perdre son jardin.

– Reste pas là, petit, c'est pas un spectacle.

J'étais chez moi, je voulais rester. Je me suis approché du bord de la falaise et j'ai fait comme eux, j'ai regardé.

C'était terrible la douleur en dedans que ça me faisait. L'idée que la terre, le cerisier, ça ne remonterait plus. Que c'était tout en bas et qu'il n'y avait plus rien à voir.

La sœur de Paulo est venue aussi avec son vélo. Quand elle a vu, elle m'a pris contre elle.

– Mon pauvre chou! elle a dit, t'avais pas besoin de ça.

De l'entendre, j'ai chialé davantage.

– Pleure pas, qu'elle a dit, pleure pas...

Moi, de sentir ses seins sous sa blouse, j'ai oublié le cerisier.

– Viens, on va chez moi, elle a dit.

Je me suis accroché. Je voulais qu'on reste là, qu'on prenne racine tous les deux. Qu'on ne se détache jamais et que la falaise nous emporte au prochain tremblement.

À respirer le dedans de sa robe, je commençais à être heureux.

Elle l'a compris. Elle m'a laissé.

Et puis papa est arrivé.

Maman un peu après. Elle a dit :

– C'était les années cerises.

Elle a dit ça avec une voix tellement triste que j'ai cru qu'elle allait pleurer.

Le maire était là aussi mais maman n'a pas voulu lui serrer la main. Elle lui a tourné le dos.

La télévision est arrivée. C'était un reportage pour le journal de la région. Ils ont filmé la falaise, le jardin et la maison. Ils m'ont filmé aussi parce que j'étais là quand c'est arrivé. J'ai dû tout expliquer et puis en rajouter un peu parce qu'on m'écoutait.

Il a fallu que j'aille chercher une photo d'avant pour qu'ils montrent à la caméra. Ils n'en croyaient pas leurs yeux ceux qui ne connaissaient pas.

Maman a fait sa crise. Elle a pris ses cachets et elle est allée se coucher.

Papa a dit :

– Ne filmez pas !

Mais eux, ils ont filmé et le soir, à la télé, on l'a vue, maman, elle criait, elle pleurait et puis elle montrait son visage ravagé en plein devant la caméra.

On a vu aussi le dedans de la maison, mon bol sur la table et le canapé dans le salon.

J'ai tout enregistré au magnétoscope et j'ai caché la cassette chez pépé.

Le maire, il est revenu le lendemain, et puis le lendemain encore. Avec des groupes d'hommes de la sécurité. Ils avaient tous des carnets, des cordes et des appareils pour sonder. Quand ils regardaient la maison, ils secouaient la tête. Ils étaient d'accord entre eux. Maman ne voulait pas que je sorte. Je les regardais faire de ma chambre.

De deux jours, les voisins sont passés pour les nouvelles. Ils prenaient des photos et ils demandaient pour maman. Ils avaient tous l'air bien triste en nous regardant. Ils envisageaient notre avenir. D'avenir, on n'en avait pas. Ils le savaient et ça réveillait leur pitié.

Mémé nous a apporté de la nourriture. Elle dit qu'il faut qu'on vienne habiter chez eux le temps que ça s'arrange.

Ça ne s'arrangera jamais. Tout au plus, on s'habituera.

Maman reste dans son lit. Elle ne veut voir personne. Elle pleure. Même moi je n'ai pas le droit de monter.

Mme Beaudrieux a apporté de la confiture dans un pot. Elle a dit que si on avait besoin, il ne fallait pas hésiter.

J'ai mangé la confiture sur les marches, dehors, au froid.

J'ai regardé la route.

Maintenant, plus personne ne vient.

Et puis papa a reçu le mot. C'est le facteur qui lui a apporté.

Une lettre recommandée.

Quand il a ouvert, papa est devenu tout blanc.

Il a tendu la lettre à maman et maman s'est mise à pleurer.

Elle m'a tendu la lettre aussi, machinalement. Parce que j'étais là. À côté.

Un ordre d'expulsion. Dans les deux mois.

Mes parents, ils ne pouvaient plus parler. Ils se sont serrés l'un contre l'autre, je ne les avais jamais vus comme ça.

J'ai téléphoné à pépé pour lui raconter. Et puis aussi parce qu'expulsion, je ne savais pas.

Pépé a dit : « J'arrive », et il est venu. Tonton François est venu aussi. Ils se sont tous assis autour de la table.

Ils ont dit que c'était un grand malheur.

Depuis la falaise, je rate souvent l'école. Je suis là, je n'y suis pas, ils ne font plus trop attention. J'en ai profité, j'ai dit comme ça :

– Je peux aller dormir chez Paulo ?

Et j'y suis allé.

C'était déjà un peu le soir. Quand je suis arrivé, ils étaient en train de regarder un jeu à la télé. J'ai dit :

– J'veux pas déranger.

Et ils m'ont tous pris contre eux. Bien sûr, il a fallu que je parle de la falaise, des soucis, de maman… J'ai dit que la terre bougeait et que le reste allait tomber. Que c'était sûrement une question de jours.

La sœur de Paulo était en pyjama. Un tissu rose avec des fleurs. Comme elle s'est mise là à écouter, j'en ai raconté un peu plus, papa, maman, les cachets et puis comment ils s'engueulaient quand ça n'allait pas. J'ai même parlé des problèmes d'argent de papa.

Après, on est tous montés se coucher. J'ai dormi dans la chambre de Paulo. À minuit, je me suis réveillé pour écouter au mur. La sœur de Paulo, elle dort de l'autre côté. Je l'ai entendue tousser et puis se retourner dans son lit. Le sommier a grincé. Je suis resté debout contre le mur pour écouter tous les bruits. Il faisait très froid. Au bout d'un moment, j'ai dû me recoucher. Je ne suis pas arrivé à me réchauffer et de toute la nuit, j'ai attendu le matin.

La sœur de Paulo, elle a un amoureux. Un grand du lycée qui vient la chercher sur sa mobylette. Je ne suis pas jaloux. Il me manque trois ans, je sais.

Toute ma vie sera marquée par ça.

La falaise, ça leur a mis un coup. Surtout à maman. Pour l'expulsion, elle a demandé une contre-expertise. Tant qu'elle ne vient pas, on reste.

Maman ne fait plus le ménage. Elle ne m'oblige même plus à prendre les patins quand je marche dans le salon. Elle dit que ce n'est pas la peine, que ça ne sert plus à rien.

Dans le salon, ça commence à faire désordre.

La tête à Paulo, l'autre jour quand il est venu. Il a secoué la main, comme ça, longtemps.

– Eh bien dis-moi, chez toi…

J'ai regardé avec lui. Le linge, la poussière, la vaisselle pas lavée. Jusque-là, je ne m'étais pas trop rendu compte. Dans la cuisine, ça sentait le sac poubelle et la pâte froide à cause des fonds de casserole qui trempaient.

Il avait raison, Paulo, et il continuait de secouer la main comme si ça lui était impossible d'arrêter.

Maman, elle était couchée. Quand elle nous a entendu parler, elle s'est levée. C'était le début de l'après-midi. Elle est descendue en chemise de nuit, en se tenant bien des mains à la rampe. Elle était pâle, presque jaune. Elle n'avait pas peigné ses cheveux et ça m'a fait honte que Paulo la voie comme ça.

– Elle est malade ! j'ai dit pour excuser.

Paulo, il s'est passé la main derrière la nuque. Dans sa tête, je voyais bien que chez lui, ça devenait le paradis.

Ma mère, elle a continué de descendre. Arrivée tout en bas, elle a fait un geste vers moi. Je ne sais pas si elle me voyait vraiment. Elle avait du mal à parler et elle sentait la sueur des mauvais jours.

– M. Nicolas... Téléphone-lui... Dis-lui que je ne peux pas venir travailler. Il comprendra...

Et puis elle est passée dans la cuisine.

Paulo a encore secoué la main mais cette fois, il n'a rien dit.

Quatre jours qu'elle ne travaille pas, maman, qu'elle reste dans sa chambre, les rideaux tirés.

Sur sa chaise, il y a un verre et tous les cachets qu'elle prend pour dormir.

Ceux aussi qu'elle prend quand elle veut se réveiller.

M. Nicolas n'est pas content. Il dit que si elle ne revient pas vite, il trouvera quelqu'un d'autre.

En attendant, c'est moi qui prépare les repas. Quand papa rentre, le soir, il ne dit rien. Il mange ce qu'il y a, les pâtes, le riz, ce que pépé nous apporte.

Il ne va plus voir maman.

Ce matin, j'ai encore raté l'école. C'est à cause du match. Avec papa, on se couche de plus en plus tard et je ne peux pas me réveiller.

J'ai dit au maître :

– C'est maman, elle est malade…

Il a secoué la tête, l'air de celui qui sait, et il m'a laissé tranquille.

Je ne mange plus à la cantine.

Je rentre à la maison. Il y a toujours quelque chose dans le placard, du pain, du saucisson, du chocolat.

Maman, même à midi elle dort. Il ne faut pas la réveiller.

Je referme en partant et je mets la clé derrière le volet.

Souvent, quand je reviens, la clé n'a pas bougé.

Sauf un jour, je rentre, la clé n'est plus là.

Je suis fermé dehors.

Je pense : « Maman est au travail. Elle va revenir et on ouvrira les volets. On fera rentrer la lumière et on ira manger tous les trois des moules-frites chez la mère de Fanfan. Depuis le temps qu'on le dit ! Des moules-frites avec une sauce aux oignons et des frites bien salées. » Rien que d'y penser, j'en bave !

Depuis que maman est malade, j'ai toujours faim.

Dans mon livre, la fée Viviane a enfermé Merlin dans un palais invisible. Moi, si la sœur de Paulo voulait m'enfermer, je dirais oui tout de suite. Sans réfléchir. Elle m'apporterait à manger une fois par semaine et je vivrais pour entendre son pas dans les escaliers.

Maman n'est toujours pas rentrée. Depuis le temps que papa dit qu'il faut laisser une clé sous l'hortensia !

Je reste dans le jardin jusqu'à la nuit. Il commence à faire froid. Qu'est-ce qu'elle fait, maman ? Pourquoi elle ne revient pas ? Je ne sais même pas l'heure qu'il est.

Je longe la falaise. Les gendarmes sont venus. Ils ont mis un ruban rouge et blanc, et puis un panneau : Défense d'approcher – Danger.

C'est facile de passer dessous.

Maman finit par revenir. J'entends la voiture et la portière qui claque. Quand j'arrive, elle est déjà dans l'allée. Elle marche mais pas comme d'habitude.

Elle marche comme si elle n'y arrivait pas.

– Maman ?

Elle ne me répond pas. Elle avance jusqu'à la porte et elle se cale contre le mur en cherchant ses clés. Ses mains tremblent. Je dois l'aider. Dans la cuisine, la lumière lui fait mal. Elle se cache les yeux.

– Éteins ça !

J'éteins.

– Qu'est-ce que tu as, maman ? Tu es malade…

Elle hausse les épaules.

– Aide-moi plutôt à enlever ce machin !

Je l'aide. Sous son manteau, elle porte une robe que je ne connais pas. Le tissu sent la sueur et le parfum fort.

– Tu veux que je te fasse à manger ? je demande.

Elle fait une moue avec ses lèvres.

Un moment, je crois qu'elle va tomber mais elle ne tombe pas. Elle marche jusqu'au salon.

Je dis :

– Je vais faire des pâtes. Avec de la sauce et du gruyère.

Elle se laisse tomber d'un coup dans le canapé.

– Tu me lâches avec tes pâtes…

Je n'aime pas sa robe.

Je n'aime pas aussi qu'elle soit là sans se laver, avec son odeur de parfum et ses ongles rouges.

Je la regarde. Je ne la reconnais plus.

Je voudrais que papa revienne.

J'ai peur de téléphoner à pépé.

Elle me montre le bar sous la télé.

– Sers-moi un verre, tu seras gentil.

D'habitude, je suis plutôt du genre soumis mais là, je ne peux pas. Je dis non.

Quand papa rentrera, il fera ce qu'il y a à faire.

En attendant, j'allume la télé.

Dans mon dos, maman marmonne. Je l'entends. Elle cherche à me donner des coups de pieds mais elle n'y arrive pas. Elle est trop loin. Elle n'a pas la force de se lever. Elle enlève ses chaussures et elle me les lance dessus.

Au bout d'un moment, elle ne dit plus rien. Elle commence à ronfler. Je mets la télé plus fort et je vais dans le placard chercher un paquet de biscuits.

Quand papa rentre, il nous trouve comme ça.

Dans le frigo, il n'y a plus rien. Il râle un peu et il se fait chauffer des raviolis directement dans la boîte.

Le lendemain, quand je me lève, j'ai faim. Heureusement, c'est samedi, je vais chez pépé. Chez pépé, il y a toujours des saucisses qui pendent à la cave et du pain en couronne bien grillée. C'est le camion qui passe pour le pain. Pour les saucisses, il tue le cochon une fois par an.

J'adore les saucisses. Je peux en manger deux sans m'arrêter.

Quand je descends, papa est déjà dans la cuisine. Il boit son café. Il ne lève pas les yeux sur moi. Il dit simplement :

– Prépare tes affaires, ton pyjama. Tu dors là-bas.

Papa, il ne fait jamais dans le sentiment ni dans l'explication, c'est pour ça qu'il est dur à comprendre.

De toute façon, si c'est pour dormir chez pépé, ça va. Je n'ai rien à demander.

Je remonte en courant.

Maman est dans sa chambre, tout entière couchée dans son lit, en travers, avec les volets fermés.

Les rideaux tirés. Maman dit que la lumière lui fait trop mal aux yeux, qu'elle ne supporte pas.

Les habits sont par terre, sa culotte, son pantalon. Sur la chaise, il y a les cachets et la bassine de la cuisine.

L'odeur, c'est la bassine, les habits, la sueur et la respiration de maman.

Je ne sais pas si papa dort là mais je ne crois pas.

Pourquoi elle ne se lève pas ? C'est le matin. Si M. Nicolas téléphone, qu'est-ce que je vais lui dire ?

– Maman…

Je ne vois pas son visage à cause des cheveux.

Je voudrais qu'elle se réveille, qu'elle ouvre les fenêtres et que la lumière entre comme avant.

– Maman ?...

Si la falaise tombe, on ira habiter ailleurs. On sera toujours ensemble.

J'ai peur de la toucher. Déjà quand il fait jour je ne viens jamais là. C'est un endroit interdit.

Dans mon dos, c'est papa.

– Elle dort. Ne reste pas là.

Il me tient un moment contre lui.

– Il ne faut pas lui en vouloir, elle est fatiguée… Tu as préparé tes affaires ?

Avec sa grosse main, il me caresse la tête, les cheveux. C'est tellement doux que j'ai envie de pleurer.

– On va chez pépé, tu es d'accord avec ça ?

Je fais signe que oui.

Tout ce que j'ai envie de lui demander, ça reste coincé au fond de ma gorge.

De l'autre côté de la porte, on entend tousser maman et puis on l'entend râler parce qu'on est dans le couloir à faire du bruit.

Quand pépé nous voit arriver, il comprend. Il dit :

– Bon Dieu, si c'est pas malheureux !

C'est à cause du sac, du pyjama et de tout ce que papa lui a dit quand ils se sont parlés.

Du coup, mémé, elle sort tout ce qu'elle a dans son frigo, les saucisses, le pâté, la mortadelle, et elle secoue la tête en me regardant.

Papa, il a faim aussi. Il reste calé contre la cuisinière mais ça lui fait envie, l'odeur des saucisses et toutes ces tranches sorties du frais.

– T'as bien cinq minutes ? qu'il lui dit pépé.

Et il montre le banc.

Papa s'assoit avec nous. Mémé va chercher du vin à la cave. Je suis content qu'on soit comme ça, tous ensemble, et qu'on ait à manger. Même papa, au bout d'un moment, il finit par aller mieux. Il retrouve sa voix. Pépé lui touche l'épaule. C'est un geste entre hommes. Papa, un geste comme celui-là, ça le redresse un peu.

Après, ils parlent de la falaise, de la maison.

Pépé veut qu'on vienne ici en attendant de trouver autre chose. Il dit que ça nous permettrait de nous retourner.

Papa ne sait pas. Il le dit :

– Je ne sais pas…

Pépé fait tourner son verre entre ses doigts. Lui, il a envie qu'on vienne. Surtout moi.

– Pour le petit, il a déjà sa chambre mais pour vous autres il faudrait tapisser. Côté sous, on vous demanderait rien. Et puis le petit mangerait correctement. L'école n'est pas loin…

Papa baisse les épaules.

– Elle voudra jamais.

Avec pépé, ils sont assis l'un en face de l'autre. Ils ne se regardent pas.

Mémé nous apporte le beurre. J'en tartine sur du pain et je râpe du chocolat par-dessus.

Je vais manger dehors, avec le chien, avec les poules et les chevaux.

Je n'ai pas assez de mains pour tout caresser.

Pour les chevaux, j'ai des sucres dans ma poche. Quand j'ai fini ma tartine, je bouchonne Gamine. C'est à cause du poulain qu'elle a dans le ventre. Je me fatigue sur elle, sur son dos, je frotte à pas savoir et elle adore ça. Ça lui chauffe le sang.

Quand j'arrête, elle me suit dans le pré. Elle en redemande.

Après, je vais voir Penseur.

Penseur, c'est mon préféré. C'est un percheron. Quand il est né, il était tellement gros qu'il a failli tuer sa mère. C'est un solitaire aussi. Il n'aime pas les autres chevaux. Pépé le met tout seul dans le pré aux corbeaux, tout en haut derrière la maison. Une fois par an, on le montre à la foire aux bœufs et il gagne des prix.

L'hiver, il tire les troncs dans la forêt, là où le tracteur ne peut pas passer.

Il tire aussi la R5 quand elle est en panne.

Pépé dit qu'il va grossir encore, qu'il n'est pas arrivé à maturité. Pour la farine, il lui faut un plein seau. Quand je suis là, les seaux, c'est moi qui les porte. Penseur, il me voit venir de loin.

Chez pépé, il y a tout à nourrir. Les canards, les chats, le chien. Le temps que j'aie fait le tour, il me faut la matinée.

Quand je fais ça, je ne pense pas.

Maman, elle dit que je suis méchant, que je la laisse seule et que je tape la nuit exprès pour la rendre folle. Ce n'est pas vrai. Elle devrait le comprendre puisque je suis son enfant.

Je tape, c'est plus fort que moi, comme les sabots des chevaux quand ils ont des mouches et que les mouches les piquent au plus tendre de la peau.

Maman, elle ne peut pas savoir, les chevaux elle ne vient jamais les voir.

L'après-midi, avec pépé, on va à la pêche. Quand on arrive, il n'y a personne, juste M. André au milieu, sur sa barque.

Pépé, il ne sait pas nager alors nous, on pêche au bord.

On sort tout du coffre, les cannes, la bourriche, les pliants et puis on s'installe avec la R5 pas loin.

La R5, c'est pour la radio. À cause du match. On écoute en pêchant.

D'entrée, ça ne va pas. J'ai une prise et comme c'est la première, je tire un peu sec. Ça se prend tout en plein dans les roseaux, le bouchon, les plombs, l'hameçon. Il faut casser. Le bouchon était neuf.

Après, ça se calme. On se met le dos au soleil et on attend.

On pêche les petits, la friture. Les perches soleil, on les relâche. Pépé, il dit que c'est de la saloperie et il les jette dans l'herbe pour qu'elles crèvent en regardant l'eau.

De l'après-midi, je ne casse plus. Je fais des nœuds, c'est tout.

Il n'y a pas une vague sur le lac. Le bouchon flotte tranquille.

À cinq heures, on a faim. Pépé a tout prévu : le pain, le jambon, le fromage. Avec le jambon, il faut mâcher longtemps. Des fois, le bouchon file, on a la bouche pleine. Il faut y aller quand même.

Pépé jette la semoule et on repart pour une heure. C'est le soir que ça mord le mieux. Les poissons, on commence à les voir en surface, ils remontent. Si on ne leur donne pas trop de fond, on les voit avaler l'hameçon.

Pépé, il y va à la pointe de l'opinel. Il dit :

– Comment tu veux faire autrement ?

Et il ressort l'hameçon.

Le poisson a la gueule déchirée. Il crève dans la bourriche.

On rentre à la nuit.

Dans la voiture, je suis fatigué. Je ne dis rien. Pépé roule en regardant l'étang. Il ne voit pas où il va. Plusieurs fois, il manque rater la route et il redresse au dernier moment.

Pépé, il ne faut rien lui dire, il n'aime pas ça.

C'est plus fort que moi, quand j'ai peur, je crie :

– Attention ! Tu vas tout droit !

Il freine brusque. Il s'arrête, le regard mauvais.

– Tu veux descendre ?

Pépé, il est comme ça, il est gentil, mais il y a des moments où il ne faut pas répondre.

Je ne descends pas. Je me tiens au siège.

N'empêche, il a tourné limite et la roue arrière a mordu sur l'herbe.

C'est la nuit. Les phares de la voiture éclairent bas, on ne voit rien. C'est pour les lapins. Pépé dit qu'il les attrape mieux comme ça quand ils sont pris dans les phares et qu'ils lèvent du cul sur la route.

Je le laisse faire. Mes doigts puent le poisson. Quand je ferme les yeux, je vois le bouchon flotter.

On arrive à la maison, la voiture de maman est là, en plein milieu de la cour. Pépé ralentit sec.

– Allons bon… il dit.

Il gare la R5 sous la remise. Il descend de son côté et moi, je descends du mien.

Je n'ai pas le temps d'attraper la bourriche que maman est sur moi.

– Toi, tu vas m'attendre dans la voiture ! On discutera après.

Mémé suit derrière en levant les bras, affolée :

– Ils n'ont rien fait de mal, ils étaient à la pêche...

Maman n'écoute pas. Elle me jette dans la voiture, avec mon sac et mon pyjama. Elle fait le tour et puis elle crie quelque chose que je ne comprends pas.

– Emmenez au moins les poissons ! qu'il dit pépé, en tendant la bourriche. C'est le petit qui les a pêchés.

Tu parles ! Comme si maman allait mettre ses doigts vernis dans les écailles.

Elle revient vers mémé.

– Pierre-Jean ne viendra jamais habiter ici, mettez-vous bien ça dans la tête ! Et si la falaise doit nous emporter, elle nous emportera mais vous ne l'aurez pas. C'est mon fils, vous comprenez, mon fils !

Et elle montre son ventre, elle y enfonce son poing pour bien montrer le trou, la profondeur d'où j'ai pris ma vie. Elle dit encore des choses à mémé mais je remonte la vitre. Je ne veux pas entendre.

Sûr, je suis le préféré, mais parfois d'être le préféré, ça étouffe. Dans ma tête, ça commence à bourdonner. Je mets mes mains sur mes oreilles mais ça n'arrête pas.

Pépé et mémé ne répondent plus. Ils se rapprochent, ils se touchent par le bras et puis ils s'accrochent des mains comme s'ils voulaient s'empêcher de tomber.

Maman, pour ce qui est des mots, elle est forte. Elle finit toujours par faire taire tout le monde.

Pour ce qui est de casser le bonheur aussi.

Elle monte dans la voiture et elle claque la portière.

– Nous, on va s'expliquer à la maison !

Pépé me fait un petit signe de la main. Il me sourit. De tout le temps que je le regarde, il a la bourriche qui tremble.

De retour, je suis puni. Il fallait s'y attendre. Je vais au lit sans manger. Ça ne me fait plus rien, j'ai l'habitude.

Quand je me réveille, je ne sais pas quelle heure il est. J'entends crier en bas, dans le salon. J'ouvre la porte, doucement, pour ne pas faire grincer.

C'est maman.

Elle crie après papa.

Ça doit faire un moment que ça dure. Le ton est déjà haut. Maman marche de long en large, j'entends claquer ses talons.

– Cette maison, c'est un tombeau, elle dit.

Elle dit aussi qu'elle en a marre. Qu'elle connaît toutes les questions et les réponses de papa. Que dans dix ans la vie sera pareille et que ça la rend folle.

– J'aurais dû continuer mes études au lieu de t'épouser.

– Tu parles, qu'il dit papa, t'as même pas été foutue d'avoir ton brevet !

Maman, d'entendre papa se ficher d'elle, ça ne la calme pas.

– C'est de te rencontrer qui a foutu ma vie en l'air. J'aurais jamais dû avoir d'enfant. L'amour ! Tu parles ! Des foutaises... Et puis si tu savais comme j'en ai marre de te voir dans ce survêtement !

– Qu'est-ce qu'il a mon survêtement ? Je suis bien dedans...

– Tout le problème est là justement, tu es bien dedans !

– Qu'est-ce que tu veux que je mette ?

– Rien, laisse tomber...

Papa montre autour de lui la maison.

– On va en trouver une autre dans le village. J'en ai parlé au maire.

– C'est ça, en plein centre, avec la Marie Douillard en face et l'autre bigote d'Annabelle à côté.

– Si on attend, il y a celle des Martinez, elle se libère en juin.

– Habiter après des Espagnols, merci bien !

– Il y a un bon bout de jardin sur le devant et ce n'est pas loin de l'école. On aurait six mois à passer chez mes parents, huit tout au plus.

– Ha ! Nous y voilà… Et une fois chez eux, on n'en repart plus ! Alors écoute-moi bien. Il n'est pas question qu'on mette les pieds là-bas, c'est clair ! Tu crois que je ne vous vois pas venir, tous autant que vous êtes ? S'ils veulent à tout prix nous aider, ils n'ont qu'à prendre la maison des Maréchal et nous laisser la leur ! Après tout, c'est une idée ?

– C'est quand même pas leur faute si la falaise s'écroule !

– Ce n'est pas la mienne non plus !

Maman, ce qu'elle veut, c'est aller vivre dans une grande maison au bord de la mer, avec les mouettes et les promenades, le soir, au clair de lune.

– Qu'est-ce que tu attends pour y aller ? il dit papa. Personne ne te retient ! Je peux même t'emmener à la gare si tu veux.

Papa et maman, ils ont crié comme ça une partie de la nuit mais je n'ai pas tout écouté. Je suis retourné dans ma chambre.

Je me suis assis un moment au bord de mon lit.

J'ai regardé la photo de la montagne. Je me sentais triste. C'est pas à cause de ce que maman avait dit, j'ai l'habitude, mais quand même, ça m'a fait de la peine.

Les montagnes, elles se voient de loin. Un jour, j'irai les voir. Sûr, j'irai. Et si personne ne veut m'emmener, j'irai à pied. Je trouverai le chemin.

Maman, elle a quand même un peu raison pour le survêtement de papa. Il est vraiment laid mais c'est quand même pas ça qui peut dire si on aime quelqu'un ou pas.

J'ai revu la sœur de Paulo. Elle passait en mobylette avec le plus grand des Mendez. Il est rouquin. Il a au moins dix-sept ans. Je ne peux rien contre ça.

Maman était avec moi. Elle l'a vue aussi et elle a dit :

– C'est une petite pute celle-là ! Tu vas voir comment elle va finir…

Le soir, je l'ai revue à la fête du village. Le rouquin, il était là aussi. Il ne la lâchait pas. Je n'étais pas jaloux, si j'avais pu j'aurais fait pareil. Il lui a gagné une peluche en tirant sur des ballons gonflés. Après, ils sont allés aux autos tamponneuses. Moi, je n'ai pas l'âge. À chaque coup que la voiture prenait, elle se serrait contre lui. Ça se voyait qu'elle aimait ça. Elle riait en laissant sa tête partir en arrière pour qu'il voie bien son cou. À la fin, il a mis son bras autour de ses épaules et une auto les a envoyés valdinguer tout au bout de la piste. Ils sont restés là parce que le tour était fini et qu'ils n'avaient plus de jetons.

Ils ont regardé les autres tourner. Ils sont restés encore un peu et puis ils sont allés se promener.

Je les ai suivis.

La sœur de Paulo, je lui voyais tout le bas du dos. C'est à cause de son pull, il est trop court. Le rouquin, il a glissé sa main juste là, sur l'endroit de peau. Elle l'a laissé faire. J'ai bien vu. Elle s'est même rapprochée.

Ils ont acheté une barbe à papa, une pour deux, et ils ont tiré chacun dessus.

C'est pour ça qu'ils sont partis. À cause de tout ce sucre qu'ils ont mangé et qu'ils devaient avoir entre les dents. À cause aussi de cette main qui devait les brûler au-dedans d'eux. Même moi, de les regarder, ça me faisait monter l'envie.

Ils se sont embrassés vers les garages à vélo.

Le rouquin, il a des muscles que je n'aurai jamais, même à dix-sept ans. J'ai vu ses bras quand il a fait démarrer la mobylette.

La sœur de Paulo, elle s'est accrochée à lui et ils sont partis. Je les ai suivis des yeux tant que j'ai pu et puis je suis retourné aux manèges voir si je trouvais quelqu'un avec qui rigoler.

Quand je dors chez mémé, je ne tape pas. C'est mémé qui l'a dit l'autre jour à papa.

J'apprends toujours les choses comme ça, par les autres. En écoutant aux portes.

J'étais content de le savoir et puis les gendarmes sont venus. Ils voulaient voir la falaise. Ils ont donné des papiers à maman pour qu'elle signe mais elle n'a pas voulu. Elle a tout déchiré devant eux et les morceaux se sont envolés.

C'est vrai que la falaise, ça devient de plus en plus dangereux. Même moi quand j'y vais, je sens bien que ça bouge. Sur deux, trois mètres. Quand je me retourne et que je regarde la maison, je me dis qu'un jour elle aussi, elle sera au fond.

Même sans ça, on ne peut plus rester. La décharge, ça pue trop, et puis il y a les corbeaux. On va finir par tous attraper des maladies, des choses avec des pustules qui vont gonfler et puis éclater.

Le lendemain, les gendarmes reviennent avec un homme tout en noir. Maman est bien obligée de l'écouter. Il a une sacoche à la main mais il ne demande pas à entrer. Il dit ce qu'il a à dire et puis il s'en va.

Après, maman va se coucher.

En fin de matinée, le téléphone sonne. C'est M. Nicolas. Il veut savoir pourquoi maman n'est pas au travail. Qu'est-ce que je lui réponds moi !

– Elle est malade, maman, très malade. À la jambe, c'est ça. Ses varices, elles sont tout écorchées. Elles saignent. Demain, sûrement, elle viendra. Oui c'est ça, je lui dirai. Au revoir, monsieur Nicolas.

Moi, j'irais bien à sa place le vendre, le poisson, mais je n'ai pas l'âge. Je n'ai l'âge pour rien, même pas pour la sœur de Paulo. Et puis je n'y connais rien dans toutes ces sortes de poisson. Déjà quand c'est dans l'assiette, j'ai du mal à avaler.

Je sors. Je vais regarder dans le jardin s'il y a des fraises ou des escargots, quelque chose pour m'occuper.

Il n'y a rien.

Les escargots, c'est les corbeaux qui les bouffent. Ils en crèvent et on trouve les cadavres dans le ruisseau.

L'après-midi, je prends mon vélo et je vais pédaler sur la route. Je roule jusqu'au croisement et je joue à la mort. Trois fois je traverse sans regarder. Avec les maïs, il n'y a pas de visibilité. C'est rare quand il vient quelque chose mais il suffit d'une fois.

C'est là qu'il me trouve, Paulo, en train de pédaler comme un dingue.

Je lui explique pour la falaise. Il n'écoute pas. Ce n'est pas sa maison. Il dit :

– Te bile pas ! Ça va s'arranger… On va à la fête ? Ils sont en train de tout démonter. Avec un coup de chance, on peut piquer des boulons.

Des boulons, on n'en trouve pas, mais on regarde faire, on va traîner autour des manèges, vers les chevaux de bois. On récupère ce qu'on peut. Il n'y a pas grand-chose.

Quand je reviens, maman est derrière la vitre. Elle guette mon vélo.

– Deux heures que j'attends ! Tu crois que j'ai que ça à faire !

Je prends une gifle qui me renverse et puis une autre par-dessus, pour soulager.

Elle a mis du parfum, c'est pas l'habitude. Et puis sa robe à volants. Je ne sais pas où elle va. De la voiture, elle crie :

– Dis à ton père que je suis sortie prendre l'air. Ne m'attendez pas pour aller vous coucher, je risque de rentrer tard. Et toi, tâche de faire tes devoirs, je vérifie !

Tu parles si elle vérifie !

Il est six heures. Je vais chercher un paquet de chips, un Coca, et je m'installe devant la télé.

Avec papa, on attend comme ça jusqu'à onze heures et puis à onze heures il dit :

– Allez, bonhomme, on va au lit.

Avant de monter, il laisse quand même la lumière du salon éclairée.

De la soirée, on n'a pas parlé de maman. On a mangé devant la télé. Des œufs avec du gruyère coupé bien épais et du ketchup par-dessus. Et on a regardé un film de guerre qu'on avait en réserve sur cassette.

Le maître, il a tout vidé, mon cartable et mon bureau. Tout par terre, en plein milieu de l'allée.

– C'est pas croyable ! il a dit, à cause des papiers froissés, des biscuits et des crayons mâchés.

Je dois mettre de l'ordre. Le tas s'étale jusqu'au mur. Je ne sais pas par quoi commencer. Les autres sont dehors, dans la cour. Je suis tout seul. Je tire un stylo et je le garde dans ma main. Il n'est pas à moi. Je ne sais même pas où est ma trousse. Je repose le stylo dans le tas. Je tourne autour de mon bureau et je m'assois.

M. Pilou corrige ses cahiers.

Avec le mien, il gagne du temps. C'est des zéros partout. Il barre. Je ne sais même pas s'il lit ce que j'écris. Dans trois jours, c'est les vacances. Il m'a dit :

– Tu passes ! À l'ancienneté.

Les autres ont rigolé.

Paulo aussi il passe.

La deuxième semaine, on va aller ensemble au centre aéré faire des cerfs-volants et des cabanes dans la forêt. J'étais pas très chaud mais maman m'a inscrit d'office.

– Ça te coupera les vacances ! qu'elle a dit.

J'avais rien demandé.

La sœur de Paulo, elle y va aussi mais avec les ados. Ils vont partir en camp avec les tentes et les duvets. Je ne la verrai même pas.

Depuis que l'homme en noir est venu, papa commence à préparer les cartons. Il range tout, ses boulons, ses outils, ses papiers. Maman, elle ne touche à rien.

Elle dit qu'ils ne peuvent pas l'obliger.

N'empêche, la maison, au 1er septembre, ils vont venir et ils vont la murer. Les portes, les fenêtres. Ils ont bien expliqué. Si on laisse des choses, c'est tant pis pour nous.

Alors papa, il prépare ses cartons. Il me dit de commencer les miens. Tout ce qui est à moi, il faut l'emballer. Il y a des piles de papier journal pour ça. Il récupère des caisses au supermarché. On entasse tout dans le couloir, le long des murs. Je voulais pas mais de nous voir faire, je commence à y croire, à l'expulsion.

Je montre le papier à Paulo.

– Tu crois que c'est possible ? je lui demande.

– Je ne sais pas. Il faut voir avec ma sœur.

Sa sœur, on va la trouver dans sa chambre.

Elle lit le papier et puis elle me regarde tristement, comme si j'étais un petit chien mal en point, une sorte de bête battue.

– Nous, on doit pouvoir te garder quelque temps, elle dit. Tu pourrais dormir dans la chambre avec Paulo. Ils ont décidé quoi, tes parents… ?

Rien. Le matin, maman a de plus en plus de mal pour se lever, c'est pour ça qu'elle devient grosse.

Pépé, il a fait retapisser une pièce mais papa ne l'a pas dit à maman.

C'est l'été alors mémé met le couvert dehors et on mange sous l'arbre.

La table est en bois. L'hiver, il neige dessus.

De tout l'après-midi, je reste avec les chevaux. Quand je reviens, tonton François est là. Il discute avec les autres autour de la table.

Le dos de pépé est tout entier dans la lumière.

Les autres parlent mais pépé, il est bien tranquille. On dirait qu'il n'écoute pas.

Il est là, avec ses mains posées bien à plat. Sa salopette bleue, elle est devenue trop grande pour lui.

Il est vieux, je me dis.

Parce que d'un coup ça se voit. De le regarder, je comprends ce que ça veut dire. Je sens les larmes qui montent.

Pépé est vieux et il va mourir. Comme Puce, le chien d'avant, comme Mme Ponce, la femme du rebouteux qu'on a retrouvée morte dans le jardin avec les limaces dessus.

Comme les enfants à la télé mais eux c'est plus facile, je ne les connais pas.

Je n'y vois plus rien. C'est les larmes qui font ça. J'en ai plein les yeux. Je renverse la tête pour qu'elles repassent dans mon cerveau. Il y en a trop. Ça fait une épaisseur d'eau qui ne sait plus où aller.

Si je pleure, tonton François va le voir.

Tonton François, il voit tout. Il pose toujours les bonnes questions, je ne suis pas habitué. J'essuie un bon coup avec ma manche et je traverse la cour. Les poules sont toutes à l'ombre. Quand j'arrive à la table, mes joues sont sèches.

Tonton François m'attrape contre lui.

– Tiens, en voilà un qui a senti les cannes à pêche !

Je me force à sourire.

– C'est vrai, on y va ?

Il me prend. Il me serre. Et il me regarde en plein dans les yeux. Il ne dit rien mais c'est pire.

Quand je suis seul avec lui dans la voiture, je lui explique :

– C'est à cause de pépé. Il va mourir. Il ne verra jamais la mer.

Ça s'est décidé. On emmène pépé et mémé à la mer. Tous les quatre. Papa ne vient pas. Il a son travail et puis s'il vient, il faut prendre deux voitures.

Il s'occupera des poules, des lapins.

Maman n'a rien dit. Elle a juste demandé combien de temps on allait rester.

Le lundi, on donne bien à manger aux animaux. Des mangeoires pleines et on nettoie les cages. Moi, je m'occupe des lapins. Je fais des réserves dans un seau pour que papa n'ait pas à chercher.

Quand j'ai tout fini, je vais brosser les chevaux.

Mémé s'occupe de la maison. Elle range comme si on partait pour toujours et puis elle fait cuire de la viande pour le voyage et aussi pour que papa ait des choses quand il viendra.

Le soir, on arrose les fleurs, le jardin.

Maman ne vient pas manger avec nous.

Quand le téléphone sonne, c'est mémé qui répond et puis elle m'appelle :

– Ta maman !

Maman dit qu'elle a très mal à la tête. Qu'elle reste allongée. Si papa peut lui apporter deux œufs pour qu'elle ait quelque chose à manger.

Elle ne dit pas bon voyage.

J'attends et puis comme elle raccroche, je raccroche aussi.

Tonton François nous prend à six heures. Il fait déjà jour. Avec pépé, on va faire pipi dehors. Il y a de la rosée, ça nous mouille les pantoufles.

On boit le café autour de la table. On ne parle pas fort parce que c'est encore le matin, que ça ne donne pas envie.

Mémé, c'est la première fois qu'elle s'en va. Qu'elle quitte sa maison. C'est pour ça qu'elle regarde autour d'elle et qu'elle ne peut rien avaler. Elle range ses assiettes, ses torchons. Elle passe sa main sur le bois du buffet.

Juste avant de partir, elle met un peu d'eau de Cologne sur son mouchoir et du buis dans son sac.

Elle se retourne. On dirait qu'elle s'en va pour toujours et qu'elle dit adieu à sa maison.

Quand on est tous dans la voiture, papa ferme le portail derrière nous et il reste au milieu du chemin, à secouer la main.

Il n'est pas tout seul, il y a Penseur, la chatte Founette et tous les animaux qu'on ne nomme pas mais qui sont des vivants comme les canards, les lapins et le hérisson du fossé.

Ça fait quand même quelque chose de laisser papa comme ça.

On dirait qu'on l'abandonne.

Mémé a pris une valise plus une petite mallette avec tout ce qu'il faut dedans pour sa couture. Elle a pris aussi ses aiguilles et son tricot. Tout est bien rangé dans le coffre avec le rôti, le parasol et le thermos pour le café. Moi, j'ai juste un petit sac, trois fois rien, et pareil pour François.

Un moment, on roule, on connaît le paysage, et puis un moment encore et on ne connaît plus rien.

François dit que la route sera longue alors avec mémé on se regarde et on enlève nos chaussures.

Pépé, on l'a mis devant pour qu'il ait la vue. Il parle de la guerre et du temps d'avant. Lui, son rêve, c'était l'Amérique. Il a failli partir là-bas quand il avait vingt ans. Pour la foire internationale. Ils étaient trois copains et puis au dernier moment, il a dit non. À cause de mémé. Il l'avait rencontrée.

– Elle était belle à l'époque, il dit, c'est pas comme maintenant.

Mémé, elle est un peu sourde, elle n'entend pas.

À Montélimar, on s'arrête. François fait le plein et nous on marche un peu.

On achète du nougat en morceaux. C'est mémé qui paye. On boit le café du thermos. Il commence à faire chaud. On doit s'arrêter souvent pour que pépé respire.

Tonton François nous dit le nom des villes, Avignon, Nîmes, Lunel. Nous, on bouge la tête. On regarde. On ne voit rien.

Il fait de plus en plus chaud derrière les vitres.

Heureusement la voiture va vite. Avec mémé, on ferme les yeux. On essaie de dormir un peu. De toute façon, on le sait bien, on ne peut pas arriver à la mer comme on va à la foire aux dindes.

Tonton François, il roule sur la troisième voie, la plus rapide. Il conduit en tenant le volant d'une seule main et il regarde la route loin devant.

Après l'autoroute, ça roule calme. On ouvre les vitres. D'entrée, avec le paysage, on sait bien qu'on n'est plus chez nous.

Mémé a sorti son mouchoir et elle respire sa violette. Elle s'en passe sur le front et sur le cou. Elle dit que ça rafraîchit. François me regarde dans le rétroviseur. Il me fait un clin d'œil à cause de l'odeur et il met le nez à la fenêtre.

On roule un peu comme ça, tête au vent, et puis on double des caravanes. Un cirque avec des cages, des bêtes dedans et de grands dessins de clowns peints sur les bâches. On arrête de doubler pour mieux voir et puis on double encore parce que ça avance trop doucement.

On roule encore un bon moment et puis François tend le bras :

– La mer !

On regarde. On voit des maisons, des immeubles, et puis d'un coup, on la voit. La mer ! Elle est là, immense, avec le ciel tout bleu et les dunes. On trouve une place pour se garer.

Pépé, toute cette grandeur, ça lui met un coup. Il a du mal à se lever.

– Bon Dieu, il dit, bon Dieu, quand même !

Et il se tire dehors en se tenant à la portière.

Moi, du sable en tas pareil, j'en avais jamais vu. Je cours. Mes chaussures s'enfoncent dans le sable et puis elles ne s'enfoncent plus parce que je suis au bord et que le sable est mouillé.

La mer est là. Les vagues, le bruit. Je touche avec mes doigts et je me retourne pour leur montrer. Quand je les vois, ils sont encore très loin vers la voiture, je leur fais des signes.

Pour pépé, c'est un grand jour.

Mémé, elle ne regarde pas la mer, elle le regarde lui.

De la journée, elle ne veut pas enlever sa robe. Elle se mouille juste un peu les pieds et elle marche comme ça au bord de l'eau. Tonton François et moi, on met nos maillots et on va nager.

À midi, on mange le rôti sur la plage avec le pain et la moutarde.

On retourne nager.

Pépé reste assis sous le parasol.

Le soir, comme ça, pépé dit :

– On va téléphoner pour dire qu'on est bien arrivés.

C'est maman qui répond.

Elle dit :

– Tant mieux pour vous.

Elle dit aussi qu'elle est toute seule, que papa est à la ferme et que ça ne fait rien, qu'elle a l'habitude, qu'il ne faut pas qu'on s'embête pour elle.

Elle ne demande pas où on est ni si je vais bien.

Elle raccroche.

Autour de la cabine, ça fait vite comme un malaise. François remet la carte pour appeler papa. Ça ne répond pas. On fait le numéro plusieurs fois et on laisse sonner.

Après François dit :

– Alors, ces moules-frites, on les mange aujourd'hui ou demain ?

Et il nous entraîne loin de la cabine.

Pépé et mémé, ils sont comme nous, ils ont des lits jumeaux. Pépé, ça ne lui plaît pas. Il tape contre la cloison.

– Avec la vieille, on ne pourra jamais dormir comme ça.

Plus de cinquante ans qu'ils dorment ensemble, alors avec François on se regarde et on rapproche les lits.

C'est la première fois que je vois mémé dans sa chemise de nuit. Une toute neuve, venue du catalogue exprès. Il y a encore les plis du neuf sur le tissu.

François dit :

– Soyez sérieux quand même !

Et ça nous fait tous bien rire.

Pépé est content mais il a sommeil. J'ai sommeil aussi.

Dans la chambre, je prends le lit côté mur, à cause de la petite lampe. Tonton François m'aide à me déshabiller. Il pose mes affaires sur la chaise. Il les range.

Il n'insiste pas pour les dents.

Lui, il ne se couche pas. Il reste assis dans le fauteuil, à regarder par la fenêtre, la nuit, les étoiles, les lumières sur le port.

Je m'endors mais pas complètement. C'est pour ça, je l'entends quand il se lève, il marche jusqu'à la porte. Je crois qu'il va faire pipi mais il ouvre la porte.

– Tu vas où ? je demande.

– Chut… Dors…

Je me redresse sur un coude.

– Tu t'en vas ?

– Je vais faire un tour.

– Je peux venir avec toi ?

– Non…

– Et si je tape ?

François revient vers moi. Il s'assoit au bord du lit.

– Tu ne taperas pas…

Il remonte le drap et il me caresse les cheveux. Longtemps. Il me parle des bateaux et de la mer qui les emporte. Il me parle aussi de ces animaux étranges qui vivent au fond des océans comme les poissons-scies, les poissons-lampes et les femmes-sirènes. Je l'écoute. C'est à peine si j'entends la porte quand il la referme derrière lui.

Tonton François, il fait comme ça aussi la deuxième nuit. Il me met au lit, il s'assoit dans le fauteuil et il attend que je dorme.

Après, il s'en va.

Je ne l'entends pas rentrer. Juste j'entends la clé. J'ouvre un peu les yeux. C'est presque le matin.

Pépé, son plaisir le matin, c'est d'aller voir les bateaux. Il se lève très tôt. En passant, il cogne contre la porte avec sa canne. Deux, trois fois. Des coups forts pour que je me réveille.

Le temps que je m'habille, il est déjà sur le quai.

Pépé, il peut rester de grands moments sans parler. Il regarde les bateaux et moi je le regarde lui parce qu'il a du mal à marcher et que j'ai toujours peur qu'il tombe.

On fait le tour du port comme ça, tous les deux, sans mémé ni François, après on prend le petit déjeuner au café. En terrasse comme des rois. Du chocolat, des croissants, de la confiture... On nous apporte tout sur un plateau avec une nappe et des serviettes.

– Bon Dieu, la vie est belle quand même ! il dit pépé. Faut profiter !

Il me montre la mer, la plage. Il se tâte les mollets.

– J'ai encore l'envie de courir dans les jambes !

Après, il dit :

– Chez nous, à la campagne, on croit voir mais on ne voit rien.

À dix heures, mémé et tonton François viennent nous rejoindre.

Mémé a acheté des cartes postales avec des vues du quai. Des vues aussi sur les oiseaux et sur les chevaux de Camargue. Elle en envoie à tout le monde. Il nous faut une heure pour les écrire. François met les adresses et c'est moi qui colle les timbres.

Pépé, on ne lui demande rien. On le laisse tranquille. Il met juste sa signature en bas, avec la nôtre.

Après, on se prend tous en photo devant les bateaux.

Pour tonton François, je ne dis rien, simplement le troisième soir, je fais semblant de dormir et quand il est parti, je me colle à la fenêtre.

Il sort de l'hôtel, il traverse et il longe la route. Il a ses baskets blanches et son pull sur les épaules. Il passe le petit pont et il tourne pour aller vers la plage. Après, il y a les arbres. Il est trop loin, il fait trop nuit. Je retourne au lit.

La journée, tonton François a sommeil. Il dort sur la plage. Moi, je vais nager et puis pêcher des crabes. Je ne parle avec personne.

Mémé reste avec pépé.

Quand il se réveille, tonton François vient nager avec moi.

Sauf le jour où le garçon s'approche de nous. C'est un garçon grand comme lui, avec un maillot à rayures.

– Tu le connais ? je demande.

– C'est un ami.

Ils vont nager ensemble. Je ne sais pas où ils vont mais quand il revient, tonton François est tout seul.

– Vous êtes allés loin ? je demande.

– Très loin.

Et il nous invite à manger au restaurant.

C'est le dernier jour. On en profite jusqu'au bout et on repart avant la nuit.

Avec tout ça, la sœur de Paulo, je ne la vois plus. Je ne sais plus comment penser à elle.

Quand je reviens, Paulo dit :

– Samedi, on part dans les Pyrénées. Moi, je dors sous la tente avec mes cousins.

Les Pyrénées, je ne sais même pas où c'est. Je m'en fous. Je sais juste que c'est loin.

– Je te laisse mes rollers si tu veux. Tu n'as qu'à venir les chercher le vendredi d'avant. Je ne serai pas là mais tu demandes à ma sœur. Te bile pas si elle fait un peu la tronche ! En ce moment, avec son rouquin, ça va pas fort.

Paulo, il est gentil mais il m'énerve parfois.

N'empêche, le vendredi, à deux heures, je sonne au portail. Deux coups et puis j'entre. Mon cœur bat. Je ne sens plus mes jambes. J'aurais pas dû mettre ce short. Je suis maigre dedans.

Dix fois je me répète la phrase : « Je viens chercher les rollers, les rollers à Paulo. Il les a mis de côté. »

Les rollers à Paulo. Je fais le tour du jardin. Il n'y a personne sur la balancelle. La porte est ouverte. Si je la trouve étendue, morte ? On va m'accuser. Toute ma vie je vais payer pour un crime que je n'ai pas commis. La cuisine est vide. Le salon. Je m'en fous de payer si c'est pour elle.

Je retourne dans le jardin. Un jardin sans falaise, avec simplement une barrière pour passer chez le voisin.

Il fait de plus en plus chaud. Je n'aurais jamais dû venir mais c'était dit comme ça. À deux heures, elle sera là.

Je retourne à l'intérieur.

Du doigt, je touche les tableaux. Pas des vrais, des couvercles de boîtes de chocolat avec des barres en bois pour faire le cadre. À Noël, on change, on en met des neufs.

Je tends la main. La tour Eiffel, je la glisse dans ma poche. C'est une boule d'eau et de neige. Quand on bouge, la neige vole.

Le canari est dans sa cage. Il est vieux, tout décoloré. J'ouvre la porte. Il ne s'échappe même pas. Je ne sais pas ce que Paulo va en faire pour les vacances mais je ne veux pas le garder. S'il crève, Paulo sera fou, et j'ai assez de problèmes.

Je monte les escaliers.

La tour Eiffel fait une boule dans ma poche. J'ai vu un film un jour avec un homme qui marche sur un plancher. Il n'y a pas de bruit. On voit ses chaussures, les semelles qui craquent. Tout d'un coup un chat sort et lui part entre les jambes. Sur l'écran, c'est une peur terrible.

Comme ma peur quand j'arrive sur le palier et que je la vois, la sœur de Paulo, ses pieds, ses ongles, le rose qu'elle a étalé dessus pour faire briller.

Et le reste du corps, sur son lit, bien en long.

Elle est toute nue.

Nue. Sans robe ni rien. Sans même un foulard.

Elle est nue et elle dort. Je le sais depuis le début que je la verrai comme ça. Depuis la grille, le jardin. Depuis que Paulo m'a dit : « Viens chercher les rollers à deux heures. »

J'avais beau savoir, je reste quand même cloué. Son ventre, son creux de ventre, et tout en dessous… C'est la première fois et c'est encore plus beau que je croyais.

J'arrête pas, je m'éloigne et j'y reviens.

Cette fille, c'est du sable, de l'or. Je pourrais rester des heures comme ça à la caresser des yeux.

Je peux la regarder sans reculer.

Le rouquin, je le vois après. Il est couché derrière elle, collé dans son dos. De comprendre, ça me glace. Je me mets à trembler.

Je ne sais pas où il a mis sa mobylette, je ne l'ai pas vue dans le jardin. Et puis qu'est-ce qu'il fait ici ? Je croyais qu'ils étaient fâchés.

Son pantalon est par terre. Ses chaussettes aussi.

Je ne suis pas jaloux. De toute façon, ils font ce qu'ils veulent, ils n'ont rien à demander.

Je redescends.

Les rollers sont là, sur une chaise, dans l'entrée. Je les attrape et je sors.

Je me traîne comme ça jusqu'à la grille, jusqu'à chez moi.

Je marche comme si j'avais la mort sur les épaules.

Quand j'arrive, j'ai envie de vomir. J'ai les yeux qui brûlent. Je ne vomis pas. J'attrape un paquet de bonbons au Coca et je vais les manger tout au bord de la falaise.

Maman, je ne comprends pas, elle ne prépare rien, pourtant ils vont murer, c'est sûr, on a reçu les papiers.

Je ne sais pas qui va faire ça mais certainement ils vont venir à plusieurs. Après, on ne pourra plus entrer. Jamais. Ni nous ni personne.

Les hommes des assurances ont dit qu'ils allaient donner des sous à papa pour acheter une autre maison.

Maman est allée dans sa chambre. Elle a claqué la porte alors ils ont dit que ce n'était pas une solution et papa a haussé les épaules.

De toute façon, la falaise, elle ne tiendra pas un an. Avec Paulo, on est allés à la décharge mercredi et on a regardé d'en bas. Faut voir ! En dessous, ça se creuse en grotte. Je voulais pas le croire mais j'ai bien été obligé. J'ai retrouvé le cerisier. Tout à la renverse et les racines à l'air. L'hiver lui est passé dessus. Ça m'a fait quelque chose vu qu'il y avait encore les cordes et la balançoire qui pendait.

En remontant, je suis allé voir maman. Directement. Je lui ai dit :

– T'as qu'à aller voir à la décharge s'il faut pas les faire, les cartons !

Elle était couchée.

Elle s'est quand même levée pour m'en mettre une. C'est le ton, elle n'a pas aimé.

Maintenant que j'ai vu, mes affaires, je les emmène chez pépé.

Moi, je suis d'accord pour aller habiter chez pépé même si c'est vrai que les WC sont dehors. Un trou dans la terre avec des planches dessus et un miroir pour se voir. Mémé, elle fait ce qu'elle peut mais l'été, ça pue. Sur le béton, il y a des petites bêtes qui rampent, on dirait des vers avec de longues queues. Je les attrape du bout des doigts et je les lance aux poules. Ils sont mous du dedans. Elles adorent. Plus j'en attrape, plus il en remonte.

Pour le reste, il y a un losange dans la porte et ça suffit pour faire la lumière.

À cause de tout ça, ça crie de plus en plus souvent à la maison. Je prends des baffes pour un rien. Du coup, on n'a pas aidé pépé à ramasser ses patates. Il a fait ça tout seul avec les seaux et le cheval. Depuis, il a mal aux reins.

Du coup aussi, maman ne me met plus dans le privé. Elle dit que ça ne sert plus à rien. Que perdu pour perdu, autant que je lui coûte le moins cher possible et pour ça, elle n'a pas tort.

C'est toujours les vacances. Paulo n'est pas là. Il m'a envoyé une carte avec une photo du camp. Derrière il a écrit : « C'est le pied ! Je me marre. Signé : Paulo. »

Je m'ennuie.

Je tape la nuit.

Je ne m'en rends pas compte, c'est papa qui le dit le matin.

– Tu ne vas pas recommencer !

La nuit d'après je tape encore. Je dois taper fort. Ça me réveille. Je suis tout à l'envers dans mon lit avec les draps par terre.

Papa est là, au-dessus de moi.

Il en a marre à cause du travail qui a repris et du réveil qui va sonner. Il crie. Je l'entends. Je suis encore loin dans mon rêve et je ne comprends pas tous les mots qu'il dit.

Je ne peux pas leur en vouloir, ils en ont assez, c'est pour ça, maintenant je dors dans la voiture. J'ai tout ce qu'il faut, des couvertures, un oreiller.

Maman a dit :

– Tu l'as bien cherché !

Je ne sais pas. J'ai pas l'impression mais c'est comme ça. De toute façon, on va partir. J'ai entendu pépé le dire. Il a fait tapisser la chambre. Maman ne veut pas. Elle ne met plus les pieds chez pépé depuis longtemps.

Avec papa, on prend la voiture et on y va. On vient juste d'arriver quand le téléphone sonne. C'est maman. Elle dit à mémé :

– Vous pouvez me faire cuire un poulet pour ce soir ?

Elle ne dit pas merci ni s'il vous plaît. Elle dit seulement qu'elle est fatiguée.

Mémé, elle secoue un peu la tête et puis elle prend son couteau.

Des fois, c'est un lapin ou un plat de légumes qu'il faut préparer.

Personne ne dit rien.

Avec maman, si on dit, ça devient encore plus compliqué.

Le samedi où on est à la pêche, maman, elle en profite. Elle vide tous nos cartons et elle remet tout en place, dans les placards, sur les étagères. Quand on rentre, c'est la folie. Il n'en peut plus, papa. Il se prend la tête et ça repart à crier.

Je les écoute un moment, tout ce qu'ils se disent, la haine, les souvenirs, je connais tout par cœur.

Quand j'ai trop écouté, je m'y mets aussi.

– Moi aussi j'en ai marre, vous comprenez, marre de prendre des baffes à longueur de journée !

C'est la première fois. Une phrase entière. Ça les surprend. Ça me surprend aussi. Du coup, ils se taisent. Quand je vois que j'ai l'avantage, je continue.

– Marre des cartons et de tout ce bordel, marre de M. Nicolas qui n'arrête pas de téléphoner pour savoir si tu viens travailler ou pas ! Marre des vacances aussi si vous voulez savoir, et d'entendre gueuler toute la journée, il y a des matins où je ne supporte plus !

Maman, ça lui laisse la bouche ouverte. Elle n'en revient pas. Papa, il cherche autour. Il n'est pas habitué. Il ne peut pas y croire alors je continue pour enfoncer l'avantage.

– Pépé, il ne vous laissera pas faire n'importe quoi avec moi. Là-bas, j'aurai ma chambre, mes affaires et je mangerai tous les jours des plats chauds qui me feront grandir pour de bon. Ici, j'ai même pas de chien ! T'as toujours promis que j'en aurai un et moi j'attends ! Et puis à la rentrée, il me faut un cartable. Le vieux, on l'a jeté parce qu'il était troué et qu'il puait le hérisson ! Et puis ma carte pour le judo, t'avais promis ça aussi !

D'un coup, je suis vide.

Je me tais.

Un moment, j'ai les jambes qui tremblent et puis ça passe.

Mes parents, de m'entendre, ça les a assommés. À leur figure, je vois bien qu'ils essaient de comprendre.

Je pense à tonton François.

Juste avant de sortir, je dis :

– Tonton François, il n'est pas comme vous.

J'attrape un bol qui traîne là, pas rangé, et je le fracasse sur le sol.

Dans ma chambre, j'essaie de me calmer mais ça dure un bon moment à trembler comme ça du dedans et puis à claquer des dents. Je fixe la porte.

Ils vont monter. Ils vont entrer et cogner, c'est sûr. Je les attends. Je ne me défendrai pas. Ils peuvent faire ce qu'ils veulent de moi. Même me tuer.

Il y a des parents qui tuent leurs enfants.

J'attends.

Ils ne montent pas.

J'entends maman qui pleure dans la cuisine.

– Folle ! Il me fera devenir folle !

Papa ne répond rien. Je ne sais même pas s'il est encore là.

Le cartable, c'est pépé qui me l'achète. Il achète aussi tout ce qui va dedans, la trousse, la règle et le dictionnaire. Pour le dictionnaire, je lui dis que ce n'est pas la peine, j'en ai déjà un, mais ça lui fait plaisir. Il est trop gros pour mon cartable, trop gros pour mon bureau. Je le laisserai à la maison, il servira à découper les drapeaux.

Pépé, il croit que je suis un bon élève. Pas un des premiers mais un qui suit. Quand il me demande, je lui dis : « Ça va » et il ne pose pas de questions. Heureusement, il ne demande pas souvent.

Le soir des étoiles filantes, on s'installe une couverture dans le pré et on regarde le ciel.

J'en profite, je fais mes vœux pour l'année.

Les vœux, c'est secret, même à pépé je ne lui dis pas.

À onze heures, mémé vient nous chercher.

– Il faut rentrer. L'humidité tombe.

– Rentrer pour quoi faire ! il dit pépé.

On reste encore un peu.

On finit par se les dire, nos secrets.

Maintenant, quand pépé marche, je dois l'attendre.

À la mer, j'ai bien vu qu'il était fatigué. C'est son cœur, elle le dit, mémé, il n'a plus vingt ans. Même devant l'eau, il n'a pas enlevé son pantalon. Juste, il a relevé un peu ses manches et déboutonné sur le devant. Encore, il avait gardé son maillot.

Le matin, chez pépé, il n'y a pas de réveil. C'est le coq qui chante.

Je déballe mes cartons. J'arrange ma chambre. À midi, mémé fait des frites. Elle râle parce que depuis quelque temps, pépé oublie tout, ses clés, ses outils… Il n'éteint pas la lumière quand il va à la cave et le compteur tourne toute la journée. Il perd ses lunettes et il faut s'y mettre à tous pour les retrouver.

Un jour, il oublie même d'où il vient et ça fait peur à mémé. Elle dit qu'il y a des cachets pour ça, qu'il faut consulter mais pépé ne veut pas.

Quand on lui en parle, il s'énerve.

– Foutez-moi la paix ! il dit.

C'est à cause de son frère Roger. Tant qu'il n'a pas vu de docteur, il allait bien et quand il en a vu un, il est mort.

Maintenant, quand pépé veut lui parler, il va au cimetière.

– Tu parles d'une conversation !

Il pleut. Un temps de rentrée. Paulo est revenu de son camp.

– C'était cool ! Tu peux pas imaginer…

C'est tout ce qu'il me dit et il met ses yeux dans le vague pour ajouter au mystère.

On est quand même allés tourner autour de l'école, histoire de voir un peu. Les voitures étaient là, dans la cour. Les cartons avec les nouveaux livres. Les nouveaux maîtres aussi.

On n'est pas restés.

De retour, on a roulé dans les flaques. Après le lavoir, la pluie s'est mise à tomber, on n'y voyait pas à deux mètres. Je suis rentré trempé.

J'ai regardé un peu la télé mais l'image était floue. À un moment, l'orage a fait sauter les programmes et j'ai tout arrêté.

Quand ça s'est calmé, je suis allé aux escargots.

C'est là que j'ai revu le rouquin, sur la route avant le lac. Il m'a dépassé avec sa mobylette et puis il a fait demi-tour. Il s'est arrêté juste à mon niveau en roulant bien dans la flaque. Même avec son casque, je voyais ses yeux. On aurait dit des yeux de loup.

Il m'a tourné autour en faisant ronfler le moteur. Il n'y a jamais personne qui passe par là, il pouvait faire ce qu'il voulait. M'insulter. Me frapper. Il pouvait m'écraser aussi. On me retrouvera demain au milieu des escargots. Maman pleurera.

Il le voit que je ne suis pas au mieux et ça le fait rire.

– Alors le voyeur, ça t'a plu l'autre jour ?

Avec sa main, il n'arrêtait pas d'accélérer pour empêcher sa mobylette de caler.

– Tu croyais que je dormais alors t'en as profité ? Ça t'a plu ?

D'un coup, il ne sourit plus. Il y a même quelque chose de méchant qui vient dans son regard.

– Si tu racontes ce que tu as vu, je t'écrase comme ça, il dit en faisant le geste avec ses doigts.

Comme je ne réponds pas, ça lui passe vite de me cracher toutes ses menaces. Il continue à mouliner un peu avec son accélérateur mais je vois bien qu'il n'y croit plus.

– Si tu lui tournes encore autour, je lui raconte que tu la mates ! Tu veux ça ?

Mes jambes se mettent à trembler. La sœur de Paulo, si elle sait, elle va me crever les yeux. Elle le ferait à d'autres et pour moins que ça.

– J'ai rien fait, je dis. Je suis venu chercher les rollers. C'est ma faute à moi si vous étiez là ?

Le rouquin, il ne veut rien savoir. Il s'en va. Après, il se remet à pleuvoir.

Avec un coup de chance, il prendra la foudre et c'est lui qu'on retrouvera mort. J'irai voir la sœur de Paulo et je la consolerai. Si je pouvais dormir contre elle, même tout habillé, ça me rendrait heureux pour le reste de ma vie.

Pour la tour Eiffel, je ne sais pas si on peut mettre les enfants en prison. Des fois j'y pense.

Je rentre à pied en poussant mon vélo. Je n'ai plus goût à rien, plus goût aux vacances, plus goût aux escargots. Si encore je pouvais aller à la pêche avec pépé, mais de toute la quinzaine, c'est fermé.

Elle a raison, maman, y a plus rien qui sert à rien.

Sauf la mort.

Si je meurs, maman ne pleurera pas. Sauf s'il y a du monde, pour se faire consoler.

C'est comme le jour où la princesse est morte. Maman ne la connaissait pas mais ils en ont parlé à la télé alors elle a pris sa voiture. Elle a dit : « Je dois y aller. Ma place est là-bas. » Papa, il a bien secoué la tête mais ça n'a rien changé. Elle est partie avec un gros bouquet de fleurs qu'elle avait acheté exprès. Le soir, on l'a vue à la télévision. Elle était avec les autres, au bord d'une route, et elle regardait dans le tunnel. Elle pleurait.

– Qu'est-ce qu'elle fout là ! il a dit papa.

De retour, pendant des jours elle a tripoté son chapelet. Elle a laissé une bougie allumée sur la télé avec la photo de la princesse et elle nous a parlé très gentiment. Elle est même retournée travailler chez M. Nicolas.

Quelques jours seulement.

Après, ça lui a passé.

La pluie a commencé à tomber le matin. Les premières gouttes sur les tuiles. On était contents, après toutes ces chaleurs. On l'attendait même.

Je me souviens, avec maman, on regardait la télé. Quand on a entendu la pluie, on est sortis pour regarder.

C'est décidé, on va habiter chez pépé. Déjà que la maison est petite, je ne sais pas où on va mettre toutes nos affaires.

Heureusement, il y a la grange.

Maman n'est pas d'accord alors elle fait n'importe quoi. Et puis des cartons, il n'y en a pas assez. Papa l'a dit :

– Il faut aller en récupérer au super.

Ceux qu'on a, on s'en sert pour les choses fragiles comme les verres ou la collection de voiliers de papa. Pour le reste, on se débrouille. On entasse près de l'entrée. Bientôt, on ne peut plus ouvrir la porte. Tout est mélangé.

– On triera là-bas, elle dit maman, on aura tout l'hiver.

Pépé nous a prêté sa voiture, de toute façon, elle ne lui sert que pour la pêche et en ce moment, je l'ai dit, la pêche, c'est fermé. Le soir, papa fait des allers-retours. Quand il revient du travail, il faut que la voiture soit chargée. Avec maman, on a la journée.

Je porte les chaussures et les pulls de l'armoire. Les chaussettes dans un sac. Quand le coffre est plein, je pose sur la banquette et je reviens.

J'entasse comme je peux.

Maman s'est remise devant la télé. Je continue un moment tout seul et puis je vais m'asseoir à côté d'elle pour regarder les jeux de midi.

On mange sur le canapé.

L'après-midi, on regarde une cassette que maman a louée. Je m'endors avant la fin.

Quand je me réveille, il pleut toujours. Maintenant, ça fait des rigoles d'eau dans le jardin.

Le ciel est noir. C'est pas encore l'orage, c'est juste la pluie. Il fait presque nuit.

Je porte l'aspirateur dans la voiture et le fer à repasser. Il ne rentre plus rien.

Je regarde le salon, la cuisine, les cartons qui s'empilent. Notre maison, c'est déjà plus notre maison.

Maman, ça la fait rire. Elle fume sur le divan. Elle dit qu'on finira en caravane.

Je n'aime pas quand elle rit comme ça. Je voudrais que papa rentre mais il est encore au travail.

Avec maman, on finit par s'asseoir au milieu des cartons et on mange des biscuits. Un paquet entier.

– Il ne faudra pas oublier d'enlever les lustres, je dis.

Maman me fait un signe, l'air de dire « Y a le temps ! » et puis elle dit qu'elle a soif. Elle se lève et elle renverse tout pour trouver le Coca.

Elle boit trop vite, le Coca lui coule dans le cou. Elle rigole et elle s'essuie avec la manche, comme les hommes.

Papa n'est toujours pas rentré. Je ne sais pas quoi faire. Maintenant, dehors, il y a le tonnerre et les éclairs. On n'y voit plus rien. Avec maman, on a mangé tous les biscuits. L'orage a fait sauter les plombs et on est sans lumière. Je ne peux même pas téléphoner à pépé.

Les éclairs claquent. Ça fait une grande lumière blanche sur tout le jardin. On voit les arbres, le ciel et la pluie qui tombe dessus.

Maman reste au milieu des cartons. Elle a tiré contre elle le tas de rideaux et elle s'est roulée dedans. Le Coca s'est renversé. Quand je marche dans le couloir, ça me colle aux semelles.

Maman ne veut plus bouger. C'est à cause de tout ce qu'elle mange quand elle est sur le canapé et puis des cachets qu'elle prend.

Elle dit :

– Il faudrait que j'aille voir Gachet.

Gachet, c'est le docteur.

Elle dit mais elle n'y va pas. Elle ne veut pas se montrer comme ça devant lui. Elle dit qu'il est trop beau. Qu'elle ira quand elle aura perdu tous les kilos qu'elle a autour des cuisses. C'est avec lui qu'elle veut partir voir les mouettes au soleil.

Elle dit que c'est un homme comme lui qu'elle aurait dû épouser, qu'il l'aurait emmenée aux îles en hiver et qu'il l'aurait couverte de cadeaux.

Au lieu de ça, elle est au milieu des cartons.

À un moment, je crois qu'elle rit. Avec maman, c'est comme ça, on croit et puis c'est jamais ça. Elle pleure.

– C'est la fin du monde ! elle dit. On va tous crever.

Elle relève un peu la tête.

– Y a pas une histoire avec un gars qui est sauvé par Dieu et qui emmène une colombe avec lui…

– C'est Noé, le Déluge.

– Noé ?…

– La colombe, c'est pour voir s'il y a de la terre pour se poser.

– Tu as appris ça où ? elle demande en tordant un peu de la bouche.

– C'est tonton François…

– Ah ! Tonton François… Il doit s'y entendre en colombes, celui-là !

– Pourquoi tu dis ça ?

– Pour rien. Y se passe quoi dehors ?

– L'eau monte.

– Ferme la fenêtre, tu vas faire entrer la foudre !

– J'ai peur.

– Fais comme moi, regarde ailleurs.

– Je ne peux pas.

– Alors pense à autre chose !

Penser à autre chose, je ne peux pas non plus.

Dehors, le jardin, on dirait un lac.

Par la fenêtre de la cuisine, on ne voit rien. Par celle du salon non plus. Il faudrait que je sorte, voir au moins jusqu'au portail.

Maman ne veut pas. Elle dit que je vais attirer la poisse à m'agiter comme ça.

Je fais le tour de toutes les fenêtres. Par moments, avec les éclairs, j'y vois comme au grand jour.

Maintenant, on est en plein dans l'orage. Je laisse maman dans les cartons et je monte dans ma chambre.

D'en haut, c'est le grand spectacle. On prend tout, les éclairs, la lumière, un bruit d'enfer. J'accroche mes mains à la fenêtre et je me colle le visage. Le garage est dans l'eau. Ça coule en boue devant le portail. On ne voit plus le jardin.

Papa n'est toujours pas revenu. Il doit attendre la fin de l'orage quelque part dans un abri. Il pense à nous mais il ne peut pas rouler et le téléphone est coupé.

J'entends gueuler maman. Dans sa chambre, les volets sont fermés. La pluie tambourine sur le bois. On dirait un camion qui passe et qui roule dans les trous. J'écoute un peu et puis je redescends.

En bas, maman n'a pas bougé des cartons. Elle veut que je lui fasse du thé.

– Tu fais bouillir de l'eau et tu laisses infuser, elle dit en me montrant la cuisine. Ça te changera les idées.

Je ne discute pas.

Au rythme où ça tombe, dans une heure, l'eau est à la porte. Avec papa, on devait nettoyer les chenaux, on ne l'a pas fait. Il y a toutes les feuilles de l'été qui coincent. Le conduit est bouché. Ça déborde.

Je fais chauffer l'eau. Je n'aime pas l'odeur du thé.

Les bougies sont au fond d'un sac, dans la voiture. Je n'y vois rien. Je prépare comme ça, en aveugle et je pose la tasse sur le carton.

Le pressentiment, je l'ai tout de suite après. À cause du silence.

– Maman… je dis, la falaise !

Maman, elle lève le bras comme si j'étais un mauvais rêve. Elle se met les rideaux en boule sous la tête pour se faire un oreiller.

– Maman ! La falaise ! Il faut aller voir !

– Tu as vu ce qui tombe ! On n'y voit pas à deux mètres. Ton père n'est pas encore rentré ?

– Non.

– Alors il faut l'attendre. Fais pas cette tête ! Si la falaise est tombée, elle est tombée, tu ne peux plus rien pour elle maintenant.

Attendre papa.

Je retourne à la fenêtre. Maman a raison, on y voit rien. C'est courir à la mort de vouloir sortir.

L'orage a repris de plus belle. Les coups de tonnerre se rapprochent. François m'a expliqué :

– Tu comptes et tu vois si l'orage vient sur toi.

Je compte. L'orage, on l'a de plus en plus près. Bientôt, ce n'est même plus la peine de compter, il est en plein sur nous.

Je retourne vers maman. Je la secoue par le bras.

– Maman, ça bouge !

Elle se soulève sur un coude.

– Qu'est-ce que tu dis ?

– Ça bouge… Il faut partir.

– Tu m'agaces à la fin ! Tous les enfants ont peur de l'orage ! Les chats, les chiens ! Prends tes jeux et allume la télé.

– Y a plus l'électricité.

– Qu'est-ce que tu veux que je te dise ? Fais comme moi, dors…

Elle fait un geste et elle replonge la tête dans les rideaux.

J'hésite un moment. C'est à cause de tout le bruit que j'entends quand j'ouvre la porte.

J'enlève mon maillot.

Mes chaussures aussi.

Je sors. La pluie me tombe dessus. Quand j'arrive aux marches, j'ai déjà de l'eau aux chevilles. Au nord, le ciel, c'est tout noir. Papa dit toujours que le mauvais temps vient de là.

Je descends, une marche après l'autre, je tire sur mon pantalon et je vais jusqu'au garage pour voir tout ce qui tombe sur la maison. Je reste contre le mur, cloué. Paulo ne me croira jamais. Ça nous tombe dessus à pleins seaux. Un moment, je pense, c'est sûr, ça ne s'arrêtera pas. L'eau va tout emporter.

La pluie me coule dessus et puis elle coule par terre, le long du chemin. J'en ai plein les yeux.

La fenêtre de la salle de bains claque. Elle est restée ouverte et l'eau rentre dedans.

Dans le jardin, on ne voit plus les salades.

Les escargots se sont noyés. Demain, on les trouvera la coquille en l'air, pris dans les flaques.

Où vont les oiseaux quand il pleut ?

Je sors de l'abri et je vais au fond du jardin. D'où je suis, je ne vois plus la maison. Je sais qu'elle est là, avec maman dedans, les cartons et puis ma chambre tout en haut.

Autour, ça coule en rigoles. Ça creuse et ça emporte la terre tout en bas.

Je voudrais être ailleurs.

Quand l'éclair claque, la terre bouge.

J'entends cogner mon cœur.

Même avec les éclairs, je ne vois rien de la carrière. Les barrières ont été emportées. Des pluies comme ça, sûr, ça mouille profond. À l'école, on en a parlé. Diluviennes ! Le maître croit que je n'écoute pas, il interroge toujours les autres.

Ce n'est plus de la terre, c'est de la boue. Une boue grise, presque jaune. J'enfonce mes mains. C'est chaud.

Un moment, je pense à la sœur de Paulo. Si elle était avec moi, je l'embrasserais. Je la roulerais dans la boue et je me coucherais dessus pour l'enfoncer.

La lumière, je la vois après. C'est une petite lumière qui tremble et qui s'approche. Elle a du mal à traverser dans toute cette pluie.

C'est un pompier.

– Il est là !

Je vois le casque et le visage dessous. L'imperméable noir et les bottes de caoutchouc.

Il me tend la main.

– N'aie pas peur, il me dit… Il faut juste te sortir de là. Ton père arrive.

Je n'ai pas peur.

– Allez, viens…

La falaise est derrière moi. Je connais tout du coin, le nombre de pas, les pierres. S'il avance, je recule. Je saute. On verra bien.

Si je saute, j'aurai ma photo dans le journal. On parlera de la falaise, le soir, à la télé. Je serai célèbre.

On me pleurera dans le monde entier.

J'entends la voix des autres pompiers qui arrivent et puis celle de papa.

– Tu arrêtes tes conneries et tu te sors de là !

Papa n'aime pas se mouiller. Maman a dû lui dire pour les chenaux qui débordaient. Et pour la fenêtre de la salle de bains. Qu'on était responsables de tout ça.

Je recule d'un pas.

Avec le talon, je sens le vide.

– Il est trop au bord, on ne peut pas courir le risque, dit le pompier.

Ils reculent tous.

Leurs lampes, ça fait des ronds de lumière dans la pluie.

Papa recule aussi.

Je me demande ce qu'il va faire. S'il va partir ou s'il va rester.

Il reste. Mais à vingt mètres.

Les autres aussi. Bien obligés.

Moi, la pluie, ça m'est égal.

Le pompier attend un peu.

– Je vais m'en aller, il dit.

– Et si je tombe ?

Il hausse les épaules.

– Tu es grand maintenant.

Il a raison.

– Je veux ma mère ! je dis.

Pas assez fort. Je dois répéter.

– Je veux ma mère. Qu'elle vienne me chercher.

– Ta mère est à l'intérieur.

– Elle peut faire ça !

J'ai crié. Le pompier, ça le fait réfléchir. Je me dis qu'il a peut-être des enfants et qu'il connaît toutes les complications.

Tous les soucis.

Les ennuis.

Toute cette merveilleuse douleur, comme elle dit, maman.

– Écoute, cette falaise, elle ne passera pas la nuit. Peut-être même pas l'heure. Elle a reçu trop d'eau alors le temps que j'aille la chercher, ta mère, que je lui parle et qu'on revienne, toi, tu seras peut-être au fond. C'est ça que tu veux, aller au fond ? Parce que si c'est ça, mon bonhomme, tu sautes tout de suite, on gagnera du temps.

Je baisse le front. Dents serrés.

– Je veux que ma mère vienne me chercher.

Le pompier, de m'entendre, ça lui fait fermer les yeux. Un moment, il me fait penser à papa quand je vais trop loin dans l'énervement. Il soupire. Avec sa main, il touche la terre comme s'il voulait la supplier.

– Bon, espérons que ça tiendra…

Après, il se tourne vers les autres pompiers.

– Dumont, vous m'entendez ? Allez chercher sa mère.

L'un des pompiers s'avance.

– Quoi ?

– Sa mère, il veut sa mère. Qu'elle vienne le chercher.

– Mais…

– Je sais. Débrouillez-vous quand même.

Du coup, papa est là lui aussi.

– Tu ne trouves pas que les choses sont assez compliquées ?

Pour une fois, le pompier est d'accord avec papa. On attend. Je suis trempé. Je commence à avoir froid. C'est à cause d'eux, avant j'étais bien. Je m'étais fait à l'idée de mourir.

Papa aussi doit avoir froid parce qu'il serre sa veste avec ses bras et il tape du pied sur la terre. À un moment, il regarde vers moi. Je le regarde aussi. C'est mon père. L'eau sur son visage, on dirait des larmes. Ça n'en est pas. Juste de la pluie.

Je me mets à hurler :

– Va-t'en !

Parce qu'il n'a rien à faire là. Qu'il ne m'aime pas suffisamment. Je crie encore et puis je tremble en crispant les dents comme un tueur.

Le pompier demande à papa d'aller attendre dans le camion. Papa ne veut pas.

– C'est mon gosse, ma place est là.

Mais il y va quand même.

Maintenant, je suis tout seul avec le pompier et la pluie qui tombe toujours sur nous.

– Pourquoi tu fais tout ça ? il demande le pompier.

Je ne fais rien. C'est eux qui sont venus.

– J'aimerais bien comprendre, qu'il dit encore.

Le pompier aussi, il est trempé. Il se mouille pour moi et je ne suis même pas son enfant.

Il me fait penser à Penseur, le vieux cheval de pépé.

Ça me fait drôle de voir un pompier de si près, presque à genoux devant moi. Les seuls que je vois, c'est ceux de Noël quand ils passent pour vendre les calendriers. Maman m'envoie au portail pour dire qu'elle n'en veut pas, qu'il y a déjà eu les éboueurs et le facteur.

Et puis les Petites Sœurs des pauvres.

Ce n'est pas vrai, les Petites Sœurs de pauvres, elles ne passent pas.

– Tu nous rends pas les choses faciles, toi ! Si ton grand-père te voyait…

– Vous connaissez pépé ?

– Oui.

– Je ne vous crois pas.

Il regarde la falaise et je vois bien qu'il est inquiet.

– Tu crois ce que tu veux, mon bonhomme. Mais ça serait peut-être bien d'aller l'attendre ailleurs ta mère…

– Elle est jamais là quand il faut ! Pour une fois, elle sera bien obligée.

– Obligée de quoi ? Si elle ne veut pas venir, elle ne viendra pas.

– Et alors ? Comme ça, elle verra bien !

– Elle verra quoi ?

– Elle verra.

Il se redresse.

– Et moi, dans l'histoire, je fais quoi ?

– Je ne vous ai rien demandé. Vous n'avez qu'à partir.

– Pas si facile.

Entre lui et moi, ça ne monte pas en colère comme avec papa. Ça reste calme, comme si on parlait sur un banc au soleil.

– J'vois pas pourquoi ! je dis.

– Parce que je suis payé pour faire un boulot et que j'essaie de le faire de mon mieux.

– Et si c'était pas votre métier ?

– Je rentrerais chez moi me mettre au sec. La nuit dernière, on m'a appelé pour un chat. Il était coincé à la cime d'un arbre. Des heures, ça nous a pris. Avec les gars, on a cru qu'on n'y arriverait pas.

– Et ça ne vous a pas fait plaisir ?

– Quoi ?

– De sauver le chat…

– Plaisir ?... Non… Pourquoi, ça aurait dû ? Il était monté là-haut, il pouvait bien redescendre.

– Et pour moi, quelqu'un vous a appelé ?

– Même pas.

– Je suis moins qu'un chat ?

– Possible…

– Alors, vous vous en foutez que je meure, c'est ça ?

Derrière moi, c'est noir. Profond. Même si je saute, personne ne pleurera. Pépé peut-être, et encore.

Je baisse le front.

Un jour, ils verront, je partirai très loin et ils ne me retrouveront pas. Jamais… Ils auront beau appeler avec leurs chiens et leurs lampes, je ne les entendrai même pas.

– Tu n'as pas quelqu'un, un copain, une fille pour qui tu aurais envie de te sortir de là ?

– Non.

– On a tous quelqu'un… il dit, et il met dans sa voix tellement d'espoir que je commence à réfléchir.

C'est comme ça que je repense à la sœur de Paulo. D'un coup tout me revient, son odeur de vernis, ses cuisses quand elle fait du vélo, son rire aussi quand elle se moque, qu'elle m'appelle l'Anéanti.

Et quand elle s'approche pour chercher au fond de mes yeux mes traces de vie, je vois le brillant de sa bouche.

– J'ai quelqu'un, je dis.

Maman, je ne sais pas si elle serait venue ou pas.

En tout cas, après ça, le pompier a dit :

– C'est bien.

Il s'est levé et il m'a tendu la main. J'ai marché à côté de lui et on s'est éloignés de la falaise.

Au fond, j'étais content que ça finisse.

On est partis chez pépé.

Papa a téléphoné du camion. Pour avertir. Maman est venue avec nous. Pour ça aussi, je me sentais mieux. Je ne sais plus ce que mémé nous a préparé, mais je sais qu'il y en avait beaucoup et qu'on n'a presque rien mangé.

Le lendemain, quand on est revenus, la maison n'était plus là.

Il y avait un grand trou à la place. Papa ne voulait pas que je regarde mais j'ai regardé quand même.

Maman est restée un long moment la bouche ouverte. Il avait plu et le soleil a fait revenir les odeurs d'avant.

Les odeurs seulement.

Pour le reste, ça ne reviendra jamais.

On est restés deux mois chez pépé. Après, on a trouvé une maison avec un jardin et des arbres pour accrocher une nouvelle balançoire.

Quand elle a vu la nouvelle maison, maman n'a rien dit. Elle a ouvert les volets et le soleil est entré. Après, papa est allé acheter de la tapisserie et maman a attendu qu'il revienne.

Je suis resté chez pépé parce que papa ne voulait pas de moi pour faire les travaux. Ça lui a pris plusieurs jours de tout arranger. Un matin il a téléphoné et il a dit : « C'est fini. »

Je suis revenu. Dans la nouvelle maison, ça sentait la peinture et le produit pour laver les pinceaux. C'était bon comme odeur.

Maman a décidé de retourner travailler. Elle a téléphoné à M. Nicolas mais la place était prise par quelqu'un d'autre et il n'a pas voulu changer.

Elle m'a promis un chien.

– On ira le chercher demain. À la SPA. Tu choisiras celui que tu voudras.

Je l'ai regardée et j'ai senti qu'elle disait vrai.

Le soir, on a fêté tout ça, la tapisserie sur les murs, la nouvelle balançoire et l'idée du chien. On s'est même fait des sandwiches au pâté et on les a mangés devant la télé.

À un moment, maman nous a regardés et elle a dit :

– Le bonheur, finalement, c'est pas si compliqué.

Papa a été bien content d'entendre ça. Il s'est levé et il est allé chercher des glaces dans le bac du frigo. Il est revenu avec le carton et il l'a posé sur la table. Il l'a ouvert.

J'ai commencé à me dire qu'on était en train de devenir une vraie famille comme les autres, capable de vivre en suçant nos glaces et sans trop s'engueuler.

J'ai essayé d'imaginer ça avec les parties de pêche et les copains que je pourrais inviter et aussi le chien qui me suivrait partout.

J'ai commencé à me détendre. J'ai enlevé mes chaussures et je me suis étiré un peu des jambes.

C'est juste après que le Coca s'est renversé. Il a coulé sur le canapé et aussi sur le tapis. Le tapis était neuf. J'ai pris une baffe, forcément. Après, il y a eu un grand silence, on s'est regardés. On s'est mis à rire parce que c'est la première baffe que je prenais depuis qu'on était dans la nouvelle maison.

Moi, j'ai rigolé aussi mais un peu jaune.

Maman a dit :

– Tu ne pouvais pas faire attention !

J'ai bien vu qu'elle attendait que je réponde quelque chose.

J'ai rien répondu.

J'ai baissé la tête. C'est comme ça, j'ai vu mes chaussettes, elles avaient des trous, des gros, et le pouce qui passait à travers.

Ça m'a donné envie de rire.

Maman, quand elle a vu ça, elle a dit :

– Et en plus, ça te fait rire !

J'ai failli prendre la deuxième.

J'ai quand même continué à rire et je me suis retrouvé dehors, dans le jardin, avec ma glace à la main qui avait commencé à fondre. J'ai marché vers les arbres. J'ai cherché une bonne branche pour accrocher ma balançoire. Elles étaient toutes trop basses ou c'est moi qui était devenu trop grand. Je me suis dit que c'était peut-être aussi bien comme ça et qu'il fallait que je passe à autre chose.

DO
A
DO

Chloé ASCENCIO
BIEN TROP PETITE/2000

Louis ATANGANA
DE NULLE PART/2002
CHAMBRE 27/2003

Florence AUBRY
MAMIE EN MIETTES/2003

Isabelle CHAILLOU
JOHN ET MOI/2004

Irène COHEN-JANCA
FILS DE ZEPPELIN/2000
L'ÉTOILE DE KOSTIA/2002
L'AUTRE CŒUR/2003

Alex COUSSEAU
POISSON-LUNE/2004

Vincent CUVELLIER
KILOMÈTRE ZÉRO/2002

Bertrand FERRIER
HAPPY END/2003

Guillaume GUÉRAUD

CITÉ NIQUE-LE-CIEL/1998

CHASSÉ-CROISÉ/1999

LES CHIENS ÉCRASÉS/1999

COUP DE SABRE/2000

APACHE/2002

COUSCOUS CLAN/2004

Laura JAFFÉ

POUSSIÈRE D'ANGE/2000

Sébastien JOANNIEZ

TERMINUS NOËL/2002

C'EST LOIN D'ALLER OÙ/2003

Valérie MATHIEU

LE CIEL DE TRAVERS/2001

Frédérique NIOBEY

LOEÏZA/2001

EN ROUE LIBRE/2004

Zoran PONGRASIC

GOUMI-GOUMI/2004

Florence THINARD

UNE GAULOISE DANS LE GARAGE À VÉLOS/2003

Marie-Sophie VERMOT

VOILÀ POURQUOI LES VIEILLARDS SOURIENT/2003

Adeline YZAC

LE JOUR DES OIES SAUVAGES/2004

Ouvrage réalisé par le Studio graphique des Éditions du Rouergue

Achevé d'imprimer
par l'Imprimerie Floch à Mayenne
en septembre 2004

Dépôt légal : octobre 2004
N° d'impression : 60912
ISBN : 2 84156 580 7
Imprimé en France